JN005993

図書館版

ふしぎな図書館(としょかん)とアラビアンナイト

ストーリーマスターズ ②

作／廣嶋 玲子　絵／江口 夏実

講談社

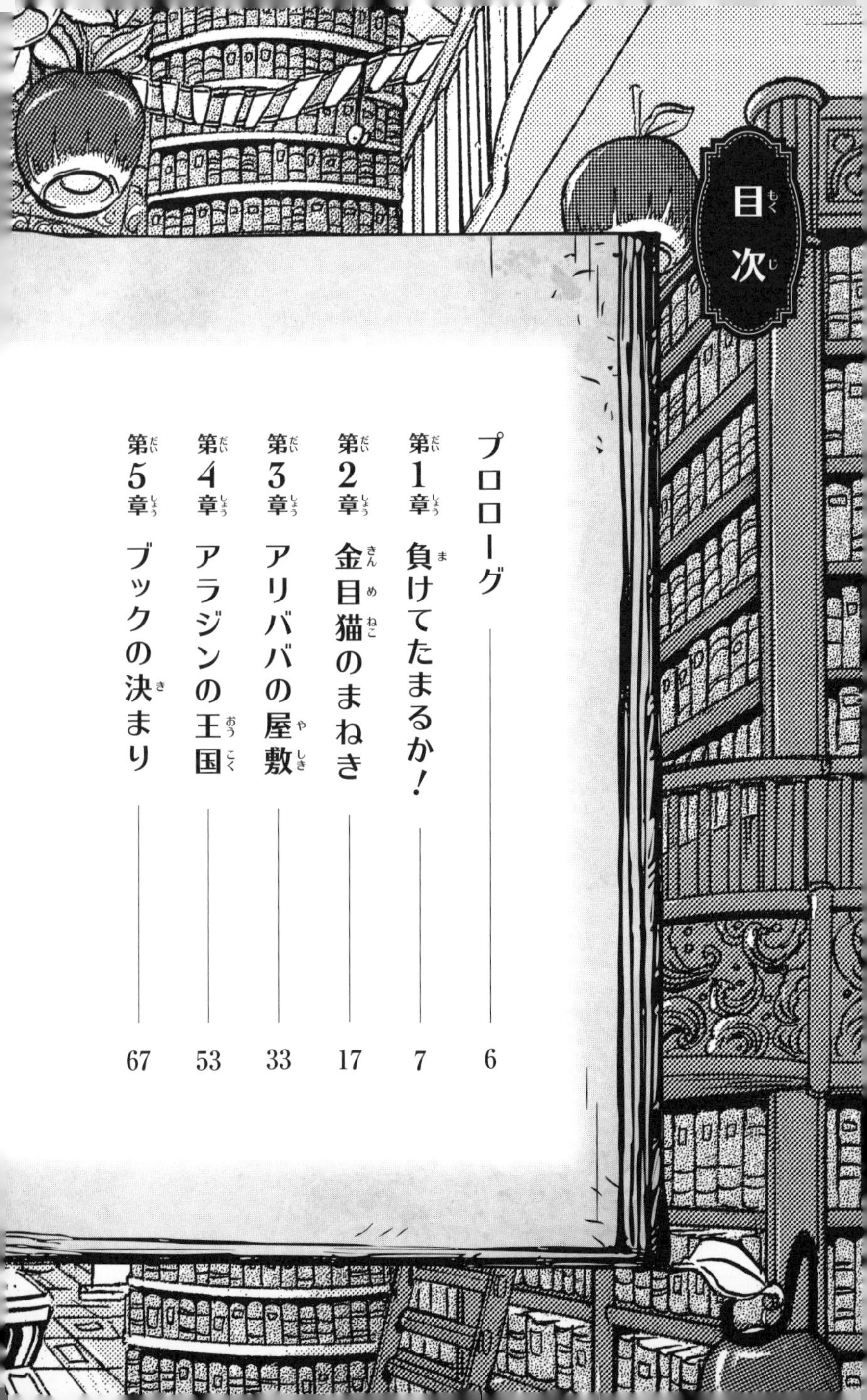

目次

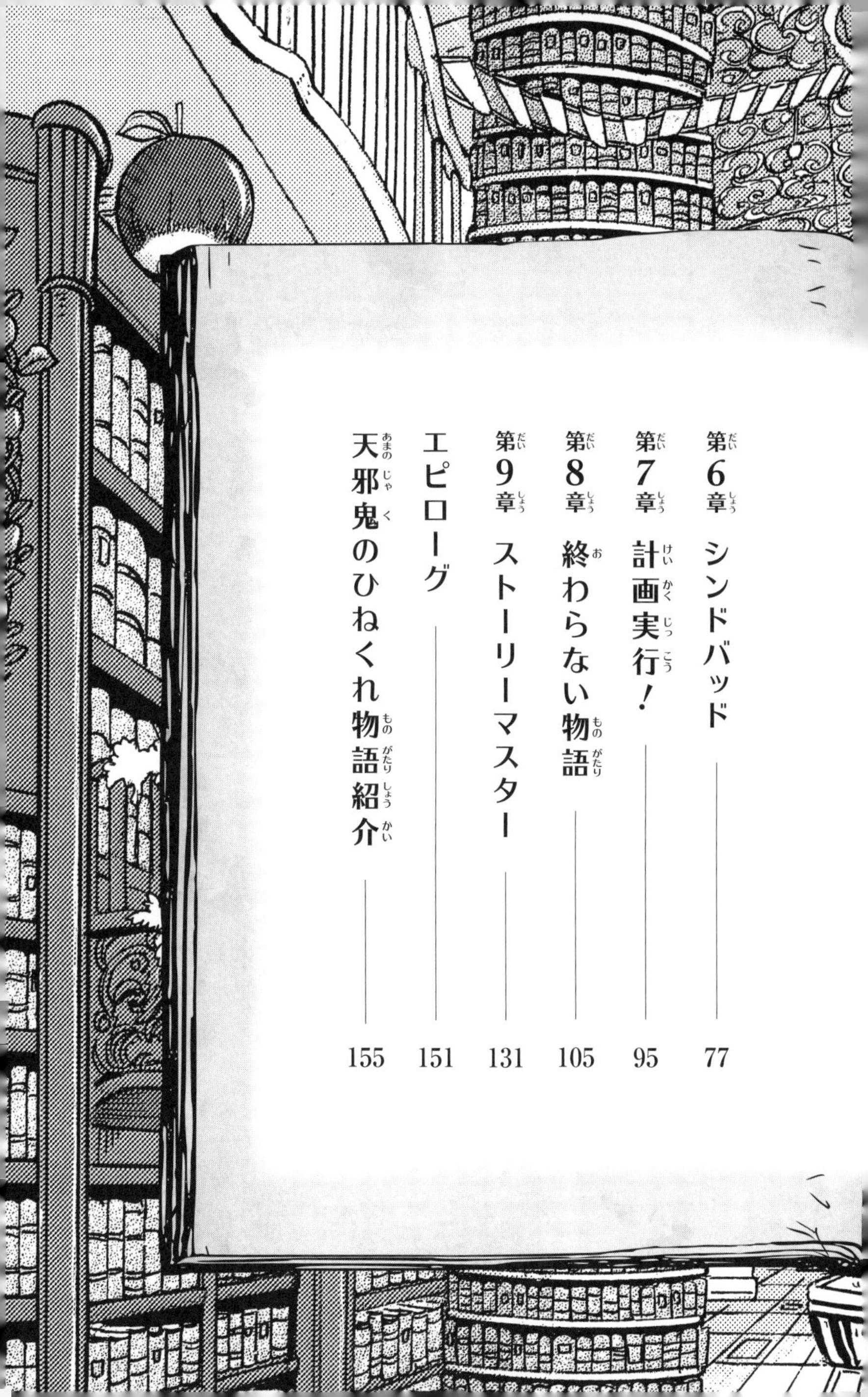

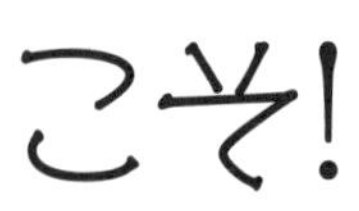

世界の図書館

この世界のありとあらゆる物語が集められているふしぎな図書館。その大きさははかりしれない。それぞれの本の世界を守る図書館司書は、ストーリーマスターと呼ばれている。その正体は、物語の作者たち?

グリム兄弟

グリムワールドを
守るストーリーマスター。
あめのの策略で、
兄・ヤーコプは本の中に
閉じ込められ、もうすこしで
ぐずぐずに溶かされそうに!

宗介

ある日、
近所の図書館で本を
元の棚に戻したことから、
グリム兄弟にスカウトされ、
『グリム童話集』を修復する
ミッションを依頼された。
もうちょっとで白雪姫と
結婚させられそうに!

弟

兄

宗介

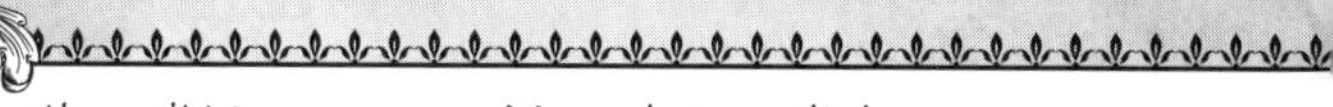

世界の図書館によう

ある日、近所の図書館で『グリム童話集』を見つけた宗介はふしぎなことに気づく。その中の「ヘンゼルとグレーテル」では最後に魔女がヘンゼルを食べてしまったのだ。世界の名作をめちゃくちゃにしているのは魔王グライモン！　魔王グライモンがおもしろいお話をひとりじめするために、世界の名作から、大事な大事な「キーパーツ」を盗んでる！　ハチャメチャになった物語を救うために、盗まれたキーパーツ探しをグリム兄弟から頼まれた宗介。グリム童話の世界に入り込んで、キーパーツを3つ探し出すことに！　世界の名作をぜーんぶ守っている「世界の図書館」の司書＝ストーリーマスターたちといっしょに、キーパーツを探し出そう！

プロローグ

魔王グライモン。

悪名高き存在にして、貪欲なる美食家。世界の図書館におさめられた物語をつけねらい、物語のキーパーツを盗みだしては好んで食す魔物だ。

キーパーツを盗まれた物語はめちゃくちゃになってしまうので、世界の図書館の司書たち、すなわちストーリーマスターたちは、グライモンの悪行を食い止めるため、いつも神経をとがらせている。

だが、誰だって気がゆるむ時はあるものだ。気がゆるめば、油断が生まれ、心にすきができる。

それをグライモンは見逃さない。

おまけに、この魔王には今、天邪鬼という手強い協力者がいるのであった……。

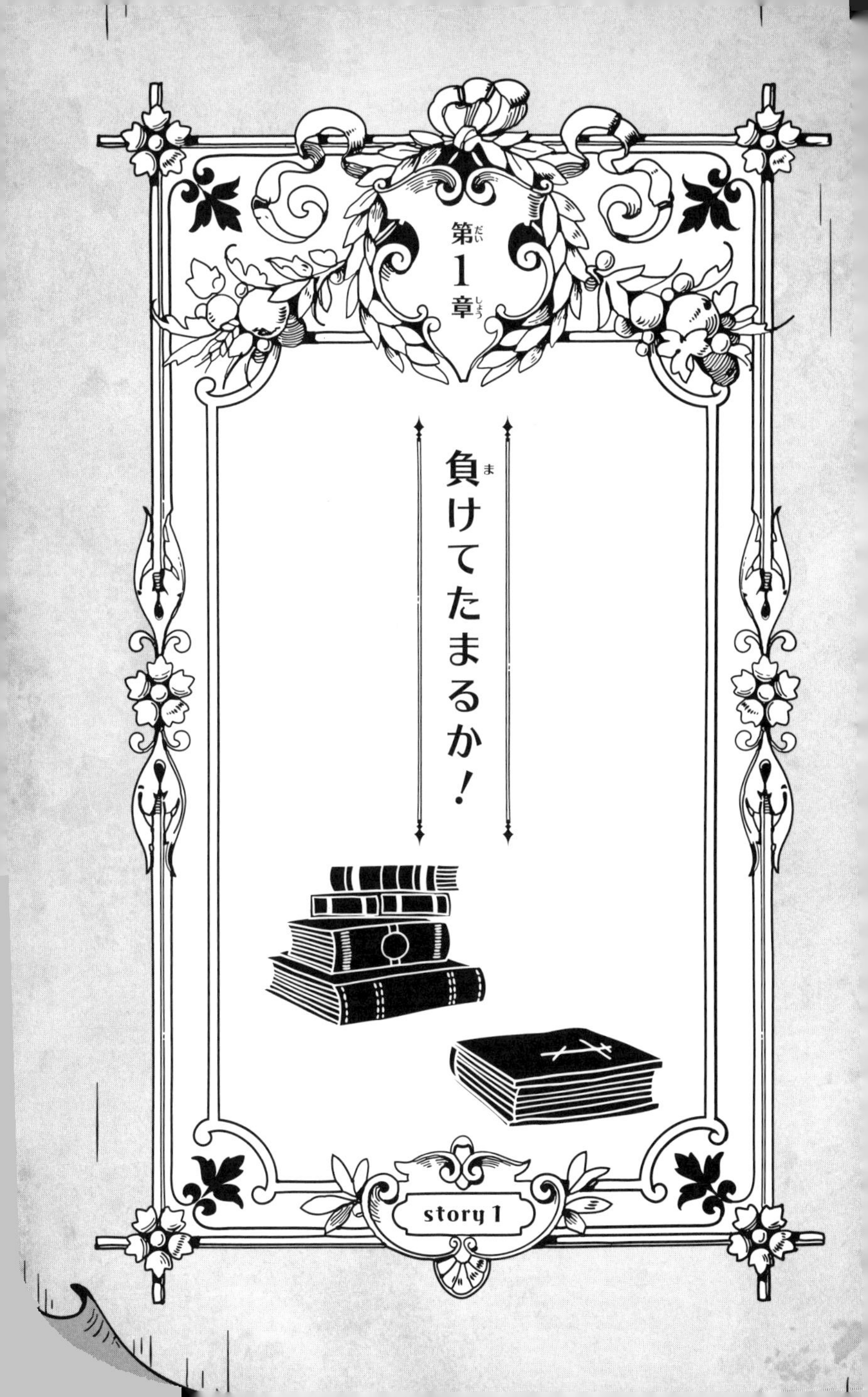
第1章
負けてたまるか！
story 1

ある日の放課後、4年生の帆坂葵は学校の図書室の机につき、本を読んでいた。

図書室にいるのは、葵ひとりだけだった。その静けさと孤独を、葵は楽しんでいた。

読んでいるのは、中学生以上が対象の小説だ。さし絵はなく、使われている漢字も文章も難しい代物だが、読書家の葵は楽々と読めてしまう。そして、そんな自分がちょっと誇らしい。

ああ、こういう時間の過ごし方は大好きだと、大満足で次のページをめくろうとした時だ。

ふいに、ドアを開いて、ひとりの男の子が図書室に入ってきた。

げげっと、葵は内心顔をしかめた。入ってきたのが、同じクラスの男子、渚橋宗介だったからだ。

葵にとって、男子とは異質な存在だった。騒がしくて、子どもっぽくて、下品な

第1章　負けてたまるか！

冗談を言うのが大好きなあほばかり。

そして、宗介はまさにそのタイプだった。

葵は宗介とはほとんど口をきいたこともなかった。ゲームと虫取りとマンガの話ばかりするような子と仲よくできるものか、と思っていたわけだ。

だが、宗介は急に変わった。少し前から図書室に来ては、熱心に本を読んだり、借りていったりするようになったのだ。

おかげで、図書室を縄張りとしている葵は、なんとなく気分が落ちつかなかった。まるで自分の王国に勝手に侵入されているような感じだ。

そのうえ、まさかせっかくの放課後の読書タイムまで邪魔されるとは。

不愉快に感じながら、葵は宗介を無視することにした。本に夢中になっているふりをして、宗介が図書室から出ていくのを待つことにしたわけだ。

ところがだ。宗介はまっすぐ葵のところにやってくるなり、声をかけてきた。

「なあ、葵。ちょっといい？」

声をかけられてしまっては、もうしかたない。葵は本から顔をあげ、今気づいたとばかりに目をみはってみせた。

「あ、宗介。びっくりした。全然気づかなかった。……何か用？」

「うん。ちょっと頼みがあるんだ。」

「え、何？」

葵はすごく驚いた。宗介が自分に頼みごとをしてくるなんて、思ってもいなかったからだ。

そして、その頼みごとを聞いて、さらに驚く羽目になった。

「物語を読んでほしいって……え、何？　それって、宗介が書いた物語なの？」

「うん。そうなんだ。」

照れたような顔をしながら、宗介はうなずいた。

「ちょっと前から書いてて、昨日、完成したんだ。短いやつだから、悪いけど、ぱっと読んでくれないかな？」

「……なんでわたしに頼むの？」

「葵はいっぱい本を読んでいるから。葵なら、きっと正直な感想とか、いいアドバイスとかくれそうだなって思ってさ。なあ、頼むよ。お願いできない？　このとおりだからさ。」

第1章　負けてたまるか！

両手を合わせて、拝んでくる宗介に、葵はちょっと優越感を覚えた。気に食わない男子だが、こうして自分を頼ってきたことはほめてやっていいだろう。なぜなら、自分は学年一、いや、学校で一番の読書家なのだから。

つんとあごを上にそらし、葵はうなずいた。

「いいわよ。そこまで言うなら、ちょっと読んであげる。」

「やりぃ！　じゃ、頼んだよ！」

渡されたノートには、宗介のあまり上手とは言えない字がいっぱい書きこんであった。

だが、驚いたことに、物語の内容はけっこうおもしろかった。まだまだ変なところはたくさんあるし、読みにくいところもあるが、あちこちにちりばめられたアイディアは目をみはるものがある。

3分ほどで読み終わり、葵は顔をあげた。

本当は「なかなかおもしろかったわよ。」と言うつもりだった。が、宗介の期待に満ちた目を見たとたん、急に不愉快な気分になってしまった。だいたい、宗介が書いたものに、自分が驚かされるなんて、なんかしゃくに障る。

だから、わざとらしくため息をついて、ノートをつっ返した。

「悪いけど、あんまりよくなかった。言葉をしゃべる動物とか、不思議な力を持つ本とか、現実にあるわけないから、しらける。それに、わかりにくいところが多いし、頭の中に登場人物とか風景とかのイメージがしにくい。そういうのって、物語としてはだめだと思う。」

それはかなりいじわるな言葉だった。言ったあとで、「ちょっと言いすぎた」と、さすがの葵も反省したほどだ。

ところが、宗介はめげる様子もなかった。それどころか、まじめな顔をしてうなずいたのだ。

「そっか。やっぱまだまだだったか。よし。じゃ、次はもっとがんばるからさ、また読んでくれる？」

「……なんで物語を書こうと思ったわけ？」

「それは……いつかストーリーマスターになりたいなって思って。」

「ストーリーマスター？」

「いや、なんでもない。えっと、じつは童話のコンテストがあるんだ。賞金が30万も出るし、ゲットしたいなあって思ってさ。」

そんな理由だったのかと、葵はちょっと安心した。

『宗介はただお金がほしくて物語を書いているだけ。やっぱり男子ってバカね。』

葵がそんなことを思っているとも知らず、宗介はうれしげに笑った。

「やっぱ葵に読んでもらって正解だったよ。アドバイス、ありがとな。じゃ、おれ帰るから。」

大事そうにノートを持って、宗介は図書室から出ていった。

なんだか読書する気が失せてしまい、葵も家に帰ることにした。だが、家に帰ってからも、宗介の書いた物語が頭から離れなかった。

なんだろう。すごくモヤモヤする。

ようやく葵は、自分はくやしいんだと認めた。

騒がしくて子どもっぽい男子であるはずの宗介が、物語を書いたことがどうにも気に食わない。許せない。あの子を思いきりへこませてやりたい。

ここは一つ、自分も物語を書いてみてはどうだろう？

葵はふと思いついた。

年間、本を100冊以上読んでいる自分なら、余裕で傑作を書けるだろう。当然ながらその作品はコンテストで優勝するはずだ。葵は賞金をゲットし、もしかしたら小学生作家としてデビューするかもしれない。みんなは葵のことをほめたたえ、そして、宗介は「おれ、やっぱり才能ないんだな」と落ちこむだろう。うん。完璧なプランだ。

葵はさっそくノートを開き、さささっと物語を書きあげようとした。

だが……。

10分たっても、20分たっても、何も書けなかった。物語のアイディアはおろか、登場人物の姿、始まりの言葉すら、まったく頭に浮かんでこない。

だんだんと血の気が引いていくのが、自分でもわかった。

そんなはずはないと、何度も心の中でわめいた。

あの宗介ですら、あれだけの物語を書けるのだ。あの子にできて、自分にできないはずがない。このままでは宗介に負けてしまう。そんなことは許せない。考えろ！　考えるんだ！

だが、いくら必死で考えても、何も出てこない。あせりといらだちとショック

で、ぎしぎしと、心がきしみだした。

　自分のせいではないと、葵はついに言い訳しはじめた。

「わたしが悪いんじゃないわ。今はちょっと調子が出ないだけよ。ほら、宿題とかしなくちゃいけないし、お母さんはごはんよとかお風呂よとか、しょっちゅう声をかけてくるし。そういう邪魔ばかり入るから、書けないだけ。そうよ。物語を書かなきゃいけない状況だったら、すごい傑作をばんばん作ってみせるもの。だって……だって、わたしは宗介なんかより本をたくさん読んでるし、頭はいいし。だから、ずっとずっと才能があるはずなんだから！」

　強気でつぶやいた時だ。

　ふいに、しわがれた声が部屋の中に響きわたった。

「ほほう！　その言葉に偽りないな？　では、存分にその才能とやらを活かす場を与えてやるぞい。」

　聞いたことのない声に、「えっ？」と、葵はうしろを振り返った。

　金色に輝く目が、葵をじっとのぞきこんでいた。

第2章
金目猫のまねき
story 2

「きゃああああっ！」

思わず悲鳴をあげ、のけぞった葵。だが、その直後、さらに驚く羽目になった。自分の部屋にいたはずなのに、いつの間にか全然知らない場所に立っていることに気づいたのだ。

そこはどこかの建物の中のようだった。とても天井が高く、足下の床は大理石でできている。長い廊下がうしろに伸びており、そして、目のまえには大きな扉があった。

上のほうがアーチを描いている真っ白な扉は、青と白と黒のタイルでそれは美しくふちどられており、何やら胸をときめかせるような不思議な雰囲気をはなっている。

一瞬、すべての驚きも疑問も頭から消え、葵は扉を開けてみたくてたまらなくなってしまった。

この向こうにはきっと何か、信じられないほどすてきなものがあるはず。

だが、手を伸ばして扉に触れようとした時だ。

「そこを開けはなったら、おぬし、もう引き返せんぞ。」

しわがれた声にびくりとし、葵は振り返った。

最初は誰も見当たらなかった。が、よく見れば、大理石の床に、１匹の猫がいた。

猫、と言っても、かわいいタイプではない。相当な年よりなのだろう。痩せていて、灰色の毛はつやがなく、ぼさぼさとしている。顔つきは性悪そうで、見るからにずるがしこい感じだ。

だが、目だけはすばらしかった。黄金色の瞳は、どんな宝石よりも輝いている。

感心しながらも、葵は納得

した。さっきの金色の目の持ち主は、この猫だったのだ。

いきなりこんなところに来てしまったことといい、この猫といい、いったいなんなのだろう？　ああ、もしかして、夢を見ているのだろうか？　そうだ。きっとそうに違いない。

なんだと肩の力を抜く葵に向けて、猫はあのしわがれた声で話しかけてきた。

「気分はどうじゃ、おじょうちゃん？　冒険に出かける準備はできとるかね？」

猫が人間の言葉をしゃべった。

今までこんなファンタジックな夢は見たことがなかったので、葵は驚いてしまった。

だが、そんなものは序の口だった。猫の話の内容も、これまたとびきりぶっ飛んでいたからだ。

かたまっている葵に、猫はどんどん語りかけてきた。

ここが世界の図書館と呼ばれる場所であり、ありとあらゆる物語がおさめられていること。

それぞれの本棚は、ストーリーマスターと呼ばれる者たちが守っていること。

グライモンという魔王が物語をねらっており、つい最近、その襲撃を受けて物語がダメージを受けてしまったこと。

最後に猫は自分の名を名乗った。

「わしはイッテン。この図書館の守護者じゃ。ストーリーマスターは司書で、わしゃ警備員みたいなもんだと思ってくれい。……ん？　どうした？　ずっと黙りこくっているが、おぬし、何か言いたいことがありそうな顔をしておるぞ。」

そう言われ、葵はやっと口を開いた。

「こんな変な夢、初めてよ。早く目を覚まさなくちゃ。魔王？　物語がダメージ？　わけわかんない。だいたい、猫が警備員って、何？　図書館に猫がいるわけない。」

「おや、なんでじゃね？」

バカにしたようにイッテンは言った。

「昔は、図書館に猫はつきものだったんじゃ。昔の書物には、羊皮紙という羊の皮をなめしたものが使われていての。そいつをネズミがよくかじるものだから、書物を守るため、猫が飼われていたんじゃ。知らんかったのか？」

葵にとって、「知らなかったの？」と言われることほど屈辱的なことはない。夢

の中のこととはいえ、かあっと頭に血がのぼり、思わずイッテンをにらみつけてしまった。

だが、イッテンはどこ吹く風という表情だ。それどころか、あきれたようなまなざしを向けてきた。

「それに、これを夢だと思っている時点で、じつになげかわしい。驚くべき勘の鈍さじゃ。……おぬしをここに呼んだのは、やはり間違いだったかの？」

なんて憎たらしい口調だと、葵はますます頭に来た。

こうなったら、いよいよ早く目を覚まさなくては。こんな不愉快な夢、もうたくさんだ。

だが、必死で「目を覚ませ！」と念じてもだめだった。体のあちこちをつねってみたが、これも効果がなかった。

夢から出られない。でも、痛みははっきり感じる。これはもしかして……。

葵は徐々に混乱してきた。

「う、うそよ。こんな……こんなのが現実だなんて、絶対にありえない。ありえない！　だって、わたしは自分の部屋にいたんだもの！　いきなり、こんな場所に瞬

第２章　金目猫のまねき

間移動するなんて、今の人類の技術には無理だもの！　それにしゃべる猫なんて、いるわけないし！　信じない！　これは夢！　絶対に夢！」

頭をかかえてわめく葵を、イッテンはおもしろそうに見ていた。

「ほほう。こうも頑固に認めないとはのぅ。ここまで来ると、おぬし、むしろ大物と言えような。」

「ちょっと！　わたしの夢に勝手に出てきたキャラのくせに、そういう言い方、やめてよ。バカにされているみたいで、腹立つんだけど。」

「おっ、わしがおぬしをバカにしていることはわかるのじゃな？　感心、感心。」

「……あんた、嫌い。」

「おお、気が合うの。わしもおぬしが嫌いじゃよ。」

嫌いという言葉をこうもはっきり言われたのは初めてで、葵は心のどこかが傷つくのを感じた。

ひるむ葵を、イッテンはじっと見つめてきた。その黄金の目はさらに深みを増したようだった。

「おぬしのような人間を、頭でっかちと言うんじゃよ。自分は物知りだと思いこ

み、わずかな知識をひけらかし、自分の常識を押しつけてくる。本当の賢者はもっと謙虚で、そして貪欲じゃ。いつも知識に飢えているし、何より、『ありえない！』などと、むやみやたらに言うことはない。自分の未熟さを知っておるからの。」

「だって……こんなの、ありえないし……。」

「ああ、面倒くさい子じゃのぅ。つくづくおぬしを呼んだのは失敗だったわい。」

少しイライラした様子で、イッテンはしっぽをくねらせた。

「では、もう夢の世界の話でいいわい。おぬしは夢を見ている。そう思っておればよかろう？　ともかく、話の先を続けるぞい。さっきも言ったが、魔王グライモンの襲撃で、とある物語の世界がダメージを受けた。今も崩壊を続けておる。おぬしにはその世界に入ってもらって、物語を元どおりに修復してもらいたい。そのために、ここに来てもらったのじゃ。どうじゃ？　これで理解できたかの？」

理解はできた。だが、納得はできなかった。物語の世界が崩壊しようが、葵には関係ないことではないか。

そもそも、葵は読書家だが、物語が好きというわけではなかった。物語、特にファンタジーやおとぎ話などは、小さな子どもが読むものだと思っていた。現実にありえないことを書いてある本なんて、くだらない。読むだけ時間の無駄だ。そう思い、知識として役に立つ本や、「そんな難しい文学が読めるの？　すごいわねえ」と、みんなから感心されるような本だけを読んできたのだ。

それなのに、物語を修復しろだって？　「なんで、わたしがそんなことをしなくちゃいけないの？」という気持ちがこみあげてくる。

それが顔に出ていたのだろう。イッテンがにやりとした。

「なに、心配はいらん。本物の救世主となるべき者は、すでに先に送りこんである。」

「本物の救世主？」

「そうとも。おぬしと違って、探究心に満ちあふれた者じゃ。自分が興味を持ったことをなんでも知りたいと願う、頼もしいやつじゃ。で、おぬしはあくまで助っ人。つまり脇役じゃ。」

だから断ってもいいぞと、イッテンはわざとらしげにあくびをした。

「正直、おぬしにはミジンコ1匹分も期待してはおらぬ。じゃが、あの者とは正反対の性格ゆえ、もしかしたら役に立つこともあるかもしれん。そう思って、呼んだだけじゃからの。どうする？　帰ると言うなら、帰ってくれてかまわんが。」

この言葉に、葵の怒りは頂点に達した。こんなに腹が立ったのは生まれて初めてだ。あおられているとはわかっていても、とてもがまんできず、葵はほえるようにどなった。

「いいわ！　そこまで言うなら、やってやろうじゃないの！　だけど、本物の救世主とかいう人の手伝いなんかしないから！　わたしだけで、完璧に物語を修復してみせるから！」

「ほほう。大きく出たの。では、その活躍ぶりを拝見させていただこう。その扉を開くがよいぞ。」

イッテンに言われ、葵はかっかしながらうしろの扉に向き直った。大きな扉であったが、手で触れたとたん、音もなく開いていった。

その先には、部屋があった。壁と天井には、一面、タイルによってエキゾチックなモザイク模様が描きだされ、とても豪華だ。

部屋の中央には、紫と金と赤の糸で織りだされたすばらしいじゅうたんがしかれており、その上には、古びた金属のランプが1つあった。そのランプの口からは何か黒っぽいものが、とめどなくあふれだしていた。

葵はあっけにとられてしまった。

ランプからあふれていたのは、なんと、小さな文字だったのだ。あとからあとから、文字は砂のようにこぼれ、じゅうたんや床に広がっていく。このままでは、今にすべての床をおおいつくしてしまうだろう。

イッテンが静かに言った。

「ここは『千夜一夜物語』のコーナーじゃ。おぬし、『千夜一夜物語』は知っておるか？」

「もちろん知ってるわよ。」

これ以上バカにされてなるものかと、葵は急いで言った。

『アラビアンナイト』とも呼ばれる物語よ。王さまに殺されそうになったシェエラザードというかしこい女の人が、自分の命を救うために、次々とおもしろい物語を王さまに話して聞かせるの。物語の続きが聞きたくて、王さまはその人を千夜生かしておく。そうでしょ？」

「ほほう。よく知っているではないか。」

「あたりまえでしょ？　有名な話だもの。昔、何かの本であらすじを読んだし、ちゃんとわたしの頭の中に入っているわよ。」

ふんと、胸をはってみせる葵に、イッテンは言った。

「もしや、あらすじを読んだくらいで、『「千夜一夜物語」を知っている』と思っているのではあるまいな？」

「え？　何か問題ある？」

きょとんとする葵に、イッテンはあきれたようにひげをゆらした。

「おぬしって子は……。あんなのは、紹介みたいなものじゃ。こういう話がありますから、興味を持ってくださいよと、紹介しているにすぎん。……まあ、よい。あのランプの中に、千夜一夜ワールドがある。見てのとおり、言葉があふれだしてしまっておる。こんなことは初めてじゃ。千夜一夜ワールドに行って、なんとかあれを食い止めてくれい。……ま、期待はしていないがの。」

「一言余計よ！　ほんとに腹の立つ猫ね。」

ぷりぷり怒りながら、葵は腰に手をあてた。

「いいわよ。行ってあげるわよ。でも、千夜一夜ワールドって、どう行けばいいの？　あと、物語の修復って、どうやればいいの？」

「行き方は簡単じゃ。あのランプに触ればよい。修復のほうは……魔王グライモンが何を盗んでいったかを突きとめることで、解決する。だが、何が盗まれたかは、実際に物語の中に入ってみなければわからん。」

「ふうん。」

葵は少し安心した。

どうせおとぎ話の世界なんて、子ども向けの単純なものばかりだろう。自分の知識があれば、盗まれたものだって簡単に突きとめられるはず。いや、突きとめてみせる。そして、この老いぼれ猫を必ずぎゃふんと言わせてやるのだ。

意気ごみながら、葵はランプに向かって歩きだそうとした。

と、イッテンがふたたび口を開いた。今度は空気に溶けてしまうような小さなささやきだった。

「おぬしは、なるほど、読書家かもしれん。が、その知識は、空想の世界の中ではたして役に立つものかな?」

「何よ? 何か言った?」

「……物語の中では想像力が力となる。それを忘れないことじゃ。それと、報酬の件じゃがな、うまく千夜一夜ワールドを救うことができれば、おぬしも物語を一つくらいは書けるようになるかもしれんぞ。」

「え、ほんと?」

そんなごほうびがあるのなら、ますますがんばらなくては。

宗介に負けたくないという気持ちがぶり返してきて、葵はぎゅっとこぶしを作った。

そうして、こぼれた文字をできるだけ踏まないよう、つま先立ちでまえに進み、ランプに手を伸ばした。

指先が触れた瞬間、しゅううっと、ランプが湯のわいたやかんのような音を立てた。

そして、葵は強い力で引っ張られ、ランプの中に吸いこまれていったのだ。

第3章

アリババの屋敷

story 3

「きゃあああっ！」

葵はとっさに目をつぶり、身を丸めた。

風を感じた。それに、草と土の匂いもだ。果物の香りと、葵が知らないおいしそうな料理の匂いも。

どうやら、物語の中に入ったようだ。

大丈夫。わたしは特別頭がいいんだから。ふつうの子みたいに、こわがったりしない。大丈夫、大丈夫、大丈夫。

自分に言い聞かせながら、葵は恐る恐る目を開いた。

そこは大きな中庭のようだった。あちこちに美しい草花が植えられ、木々にはオレンジやいちじくなどがたわわに実っている。

そして、庭の奥にはそれはそれは立派な屋敷が建っていた。時刻は夜だったので、あちこちの窓からこうこうと光がもれていて、まるで宝石のように美しい。

「ここが……物語の中……。千夜一夜ワールドなの？」

まさに物語に出てくるような光景だった。立派なお屋敷に、見事な庭。だが、一つ残念なことに、この庭にはラバがいっぱいいた。数えてみたところ、19頭おり、それぞれ鞍に2つずつ、大きな瓶をくくりつけている。

「38個の瓶……何これ？　こんなの、世界名作全集の『千夜一夜物語』の中に出てきたっけ？」

必死に思いだそうとしながら、これは探偵の調査と同じだと、葵は思った。まずは情報収集し、それから分析、推理にかかろう。そうすれば、必ずこの物語から盗まれたものとやらがわかるだろう。だが、急がなくては。この世界にはすでにもうひとりの救世主、すなわち葵のライバルが入りこみ、同じように盗まれたものをさがしているはずだ。

ライバルなんかに負けてたまるものかと思いながら、葵はとりあえず屋敷に近づいてみようとした。

その時だ。ふいに肩をつかまれた。

どきっとしながら、葵はうしろを振り返った。

そこにいたのは、葵と同じ年頃の、小柄な男の子だった。すそがたっぷりとした白いズボンに、赤い刺繍つきの半袖のシャツを着ていて、クリーム色のターバンを頭に巻いている。

だが、肌は白く、髪は茶色。どう見ても、西洋人の顔立ちだ。

好奇心が強そうな黒い目で葵を見つめながら、男の子は小声でささやいた。

「下がって！　早く隠れるんだ！」

「え？　え、何？」

「いいから、早く！」

何がなんだかわからぬまま、葵は近くのしげみへと引っ張りこまれた。目をぱちくりさせている葵のまえで、男の子はほっとしたように息をついた。

「よかった。なんとか間に合った。……もう少し近づいていたら、瓶の中に隠れている盗賊たちに気づかれていたよ。そうなっていたら、きみ、きっと殺されてしまっただろうね。」

「殺され……い、今、盗賊って言った？」

瓶の中に隠れた盗賊たちが登場する物語と言ったら……。

「ここ、『アリババと40人の盗賊』の物語なのね！」

興奮して小さく叫ぶ葵を、男の子はまじまじと見返した。

「物語……。ってことは、やっぱりきみは外の世界から送りこまれてきたんだね？」

やれやれと、男の子は首をふった。

「さては、イッテンのしわざだな。手伝いはいらないって、あれほど言ったのに。ぼくのことを心配してくれるのはうれしいけど、正直、余計なお世話なんだよなあ。この世界の修復は、ぼくの手でやるべきだし、誰かの手を借りなくても十分可能なことなんだから。」

葵は理解した。この男の子こそ、イッテンが先に送りこんだという救世主なのだ。つまり、葵のライバルだ。

まさか、男の子だったとは。

話をするのもいやな生きものに「足手まといだ」と思われていることに、葵は二重の意味で屈辱を覚えた。思わずケンカ腰で言い返した。

「言っとくけど、わたしはあんたの手伝いをするつもりなんてないから！　わたしはわたしだけで、この世界を救うつもりよ。」

　葵の言葉に、男の子は面食らったように目を見開いた。

「へえ、意外と気が短いんだね。もっとおとなしい子かと思ったんだけど。……そう言えば、自己紹介がまだだったね。ぼくはリチャード。呼びにくかったら、フランでいいよ。」

「なんで、フラン？」

「ぼく、フランシスっていうミドルネームを持っているんだ。それを縮めて、フランってわけさ。」

「ふうん。わたしは帆坂葵。葵でいいわ。それより、さっきの言葉は取り消してよ。まるでわたしのこと、役立たずみたいに言って。」

「気を悪くさせたんなら、あやまるけど。でも、きみにできることはほとんどないんだよ。だって、きみ、ブックを持っていないだろ？」

「ブック？」

「これだよ。」

　フランは腰にさげた袋から、１冊の本を取りだしてみせた。

それほど大きくはないが、辞書のように分厚い本だった。表紙には、金と青と赤で美しい模様がびっしりと描きこまれている。

見ているだけで胸がときめくような、不思議な魅力をはなつ本に、葵は目が離せなくなった。教えられなくともわかる。これは本当に特別なものなのだ。自分のものにできたら、どんなにいいだろう。

本に対する欲望が、葵の中でめらめらと燃えだした。

一方、フランはいとしげに本の表紙をなでながら言った。

「千夜一夜ワールドを作りだしている本だ。この世界のことは、全部この本に書いてある。ぼくがきみを助けたのも、ここにきみのことが書いてあったからだよ。」

「うそでしょ、そんなの。」

「本当だって。ほら、ここを読んでみて。」

広げられたページを、葵はのぞきこんだ。

油商人に化けた盗賊の頭は、手下どもを大きな瓶の中に隠し、それをラバの鞍に2つずつくくりつけ、キャラバンとしてアリババのもとをたずねました。そして、いかにも困った様子で、一晩泊めてくださいと頼みました。

親切なアリババは、こころよく盗賊の頭を迎えいれ、19頭のラバも中庭に入れてやりました。瓶の中身が、恐ろしい盗賊たちだとは、夢にも思わなかったのです。

そうして、盗賊たちはアリババの屋敷にまんまと入りこみました。頭は、何食わぬ顔をして、アリババのもてなしを受けました。その間、手下の盗賊たちは、瓶の中でじっと動かず、息をひそめていました。「夜が来たら合図をする。それまでじっと瓶の中に隠れていろ」と、頭から命令されていたからです。

そして夜、ふいにどこからともなく、不思議な身なりをした少女が中庭に現れました。

少女は中庭をつっきって、屋敷に近づこうとしました。盗賊たちがその足音を聞きつけていたら、まず間違いなく、瓶から出てきて、少女の首を刀ではね

ていたことでしょう。
でも、そうはなりませんでした。
足音を聞きつけられる前に、ひとりの少年がものかげから飛びだしてきて、少女をしげみへと引っ張りこんだからです。

そこまで読み、葵はぽかんとした顔になってしまった。

本当に自分のことが本の中に書いてあった。さっきの出来事が忠実に書きこまれている。

呆然としている葵に、フランが言った。

「ね？　これで信じてもらえるかな？　このブックに書かれていることは、この世界での『現実』なんだ。で、きみも気づいているようだけど、ここは『アリババと40人の盗賊』の世界だよ。……この物語のことは当然知っているよね？」

「あたりまえでしょ！」

バカにしないでよと、葵はフランをにらみつけた。

「『開け、ゴマ！』ってセリフで有名なやつでしょ？　盗賊の宝物が隠されている

第3章　アリババの屋敷

洞窟の扉を開くパスワード。で、アリババって人がたまたまそのことを知って、その宝物を盗んで自分のものにしちゃうって話よね？」

「そうそう。それだよ。でも、盗賊たちはそのことに気づいて、アリババに復讐しようとする。今は、盗賊たちがアリババの屋敷の中に入りこんだところなんだ。物語の後半部分にさしかかってるわけさ。もうじき、かしこい召し使いマルジャーナが屋敷から出てくるよ。彼女は油を切らしてしまったから、ここにある瓶からわけてもらおうと思って出てくるんだ。そして、瓶の中身が盗賊だと知る。」

「長ったらしく説明しなくたっていいわよ。わたしだって知っているんだから。瓶の1つだけは本当に油が入っていて、マルジャーナはその油を煮えたぎらせて、少しずつ瓶の中に入れて、盗賊たちを殺していくんでしょ？」

そのシーンは見たくないなと、葵は心の中で思った。そのためには、早くこの世界から出なくては。

「……それはそうと、あんたはここで何をしているわけ？」

「物語を見守っているのさ。何かが魔王グライモンに盗まれたことはたしかなんだけど、それが何かがまだわからなくてね。というのも、今のところ、ここまでの話

の流れでおかしなところはなかったんだ。だから、このまま見守っていくしかない。」

「へえ、物語後半になったのに、まだわからないの？」

ここぞとばかりに、葵はいやみをこめて言った。

「わたしなんて、もうわかっちゃったのに。」

「ほんと？」

「うん。数えてみたけど、ここには38個の瓶しかないのよね。うち1つは油が入っているとして、盗賊の数は37人。頭を入れても、38人。つまり、40人の盗賊にはならない。魔王に盗まれたのは、ふたりの盗賊なんじゃない？」

ああ、わたしって天才なんじゃない？

自分のことを心の中でほめちぎりながら、自信たっぷりに葵は言った。

ところがだ。フランはかぶりをふったのだ。

「いや、それで正しいんだよ。40人いた盗賊たちは、このシーンでは38人に減っているんだ。」

「え？　そ、そうだっけ？」

第3章　アリババの屋敷

「そうさ。洞窟の宝を盗んだ者をさがしに、盗賊たちはふたりの仲間を町に行かせるんだ。どちらも、アリババのかしこい召し使いマルジャーナに邪魔されて、任務に失敗してしまう。で、盗賊の頭は怒って、ふたりを牢に閉じこめてしまうんだよ。だから、今のシーンでは、親分がひとり、手下が37人、油が入った瓶が1つなんだ。つまり、このシーンでの盗賊の数は38人で正解なんだ。」

「そうだったっけ……？」

世界名作全集の『千夜一夜物語』には、そこまでくわしくは書いてなかった気がする。

貧しい男アリババが偶然、40人の盗賊が隠していた宝物を見つけ、それを手に入れる。そして、そのことを知った盗賊たちが復讐しにやってくるが、かしこい召し使いマルジャーナのアイディアによって、盗賊たちは全員倒されて、ハッピーエンドを迎える。

　そのことがあっさりと書いてあるだけだった。だから、そのあっさり書かれたことしか葵は知らないのだ。

だが、そのことを打ち明けるのがいやで、葵はすっとぼけることにした。

「そっか。あはは。そういえば、そうだったよね。ど忘れしちゃってたわ。……じゃあ、盗まれたのは盗賊じゃないってことよね。」

「うん。まず違うよ。それに、魔王グライモンはこれまで一度だって登場人物に手を出したことはないんだ。さすがのあいつも、そんな力はないんだと思う。だから、盗まれ……。」

だが、フランは言葉を途中でとぎれさせる羽目になった。ふいに、屋敷から小石が何個か飛んできて、カツン、カツンと、ラバにくくりつけられた瓶に当たったのだ。

たちまち瓶からわらわらと男たちが出てきた。いずれも凶悪な顔つきだ。彼らは瓶の1つにむらがり、そこから次々と武器を取りだしていった。そして、その武器を持って、音もなく、そして猫のようにすばやく屋敷の中へと入っていったのだ。

フランは興奮したように小さく叫んだ。

「マルジャーナが出てこなかった！　彼女が食い止めなかったから、盗賊たちが屋敷に入っていってしまった！　やっと物語がおかしくなったよ！」

「じゃあ、マルジャーナが盗まれたキーパーツってこと？」

「いや、それはないよ。さっきも言ったけど、グライモンは登場人物に手出しできない。そんな力はないはずなんだ。とにかく、ブックでたしかめてみよう。」

フランはブックのページをめくって読みだした。遅れてなるものかと、葵もすぐに首を伸ばして、ブックをのぞきこんだ。


それからしばらくして、屋敷のほうから小石が中庭に投げこまれてきました。カツン、カツンと、小石が瓶に当たる音が響きました。

頭からの合図だと、37人の盗賊たちはそれっとばかりに瓶から飛びだしてきました。そして、残りの1つの瓶から次々と武器を取りだして、それをにぎりしめ、目をぎらつかせて、屋敷へと駆けこんでいったのです。

頭の手引きにより、アリババ一家はあっという間につかまり、盗賊たちにかこまれてしまいました。

ふるえあがり、必死で命乞いをするアリババたちをあざけりながら、盗賊たちは思う存分、刀をふるいました。

そうして復讐を果たした後、血に染まった刀を腰にさし、盗賊たちは満足そうにアリババの屋敷を後にしたのでした。

この物語はこれでおしまいです。

さすがに葵は青ざめた。これはあまりにひどいエンディングだ。このままでは、アリババたちはみんな殺されてしまう。

と、フランが屋敷に向かって走りだした。葵は驚いた。

「ちょっと！　どこ行くの？」

「ブックで読むだけじゃだめだ！　屋敷の中の様子を実際に見れば、盗まれたものが何か、わかるかもしれない！」

「あ、あぶないわよ！　中には盗賊がいるのよ？」

「わかってる！　でも、冒険に危険はつきものだ！　こっそり近づくから大丈夫！」

何が大丈夫なんだと、あきれはてながらも、葵はフランを追いかけることにした。このままひとりになるのはちょっとこわかったし、屋敷の中で何が起きているのか、知りたいという気持ちもあったからだ。

ふたりは屋敷に入りこみ、柱のかげからそっと奥をうかがった。

盗賊たちがいた。刀をつきつけ、数人の人たちをとりかこんでいる。たぶん、アリババとその家族だろう。真っ青な顔をして、がたがたとふるえている。

と、立派な身なりをした男がアリババらしき男にねっとりと話しかけた。

「よくもまあ、おれたちの宝に手を出してくれたよなあ。身の程知らずのバカめ。きさまの兄貴はぶっ切りにしてやったが、きさまのほうはゆっくりと時間をかけて、朝になるまで切り刻んでやる！」

これを聞き、思わず葵はフランにささやいた。

「アリババって、お兄さん、いたっけ？」

「いたよ。欲張りなカシムさ。アリババから洞窟の宝のことを聞きだして、さっそく宝を盗みに行ったんだけど、『開け、ゴマ！』の呪文を忘れて、洞窟から出られなくなるんだ。で、戻ってきた盗賊たちと鉢合わせしてしまう。カシムは殺されてしまうけど、彼がきっかけで、盗賊たちはアリババの存在を知るんだ。脇役だけど、すごく重要な人物だよ。……ねえ、きみ、ほんとに『アリババと40人の盗賊』

を知ってるの？」

「し、知ってるわよ！　それより、どうすんの？　このままじゃアリババたちが殺されちゃうわよ？　キーパーツ、まだわかんないの？」

「ちょっと待って。今考えているんだけど……わかった気がする。ああ、そうか。うん。たぶん、これだ！」

　どこからともなく白い羽根ペンを取りだすと、フランはブックのページを開き、そこに羽根ペンを走らせた。

「盗賊の油」と、フランが書きこんだとたん、ぱっと、ブックがまばゆい光をはなった。同時に、盗賊たちもアリババ一家も消えた。まるで、すべてがまっさらな紙になったかのようだった。

「な、何をしたの？」

「物語に盗まれたキーパーツを戻したのさ。うん。どうやら正解だったみたいだ。ほら、見て。物語が修復されていく。」

　フランはうれしそうにブックを見せた。すうっと、書きこまれた文字が紙の中に染みこんで消えていき、かわりに別の文章が浮かびあがってくるところだった。

まるで見えない手が見えないペンで文字を書いているかのように、すらすらと流れるように生まれてくる文章を、葵は驚きながらも目で追っていった。

そこには、かしこい召し使いマルジャーナが出てきて、盗賊たちが瓶の中にいることを知り、煮えたぎらせた油で彼らを退治することが書いてあった。

そのまま最後まで読んでみたが、盗賊の頭も最後にはやっつけられ、無事にハッピーエンドとなっていた。

よかったと葵は胸をなでおろした。フランも満足そうにうなずいた。

「これこそ『アリババと40人の盗賊』だよ。うんうん。ちゃんと修復できてよかった。」

「キーパーツは『盗賊の油』だったってことね。……どうしてわかったの？」

「うん。さっきブックに書かれていた文章がひっかかってたんだ。『残りの1つの瓶から次々と武器を取りだして』って、書いてあったろ？　そんなことは、本来の物語には書いてない。38個の瓶のうち、37個には盗賊たちが隠れていて、残りの1個には本当に油が入っているというのが正しいんだ。マルジャーナも出てこなかったし、盗まれたのは『油』なんだって、ピンと来たわけさ。」

「ふうん。なかなかやるじゃない。」

おかげで、アリババたちは無事に助かったわけだ。だが、葵は内心、くやしくてたまらなかった。本当なら、答えを見つけるのは自分であったはずなのに。ちょっとあせって、頭が回らなかった。

だが、まだチャンスはあるはずだと、葵はブックから顔をあげた。あたりは白い不思議な空間が広がっているだけだった。

「もしかして、これで終わり？　もう物語の修復は完了したってこと？」

「いや、それなら世界の図書館に戻っているはずだ。……千夜一夜ワールドにはグライモンに食い荒らされたところがまだ残っているってことだよ。次の話に進もう。」

そう言って、フランはブックのページをめくった。

「アリババと40人の盗賊」の次のページには、最初は何も書かれていなかった。だが、すぐにすうっと大きな字が浮かびあがってきた。

「アラジンと魔法のランプ」と。

第4章

アラジンの王国

story 4

葵は「アラジンと魔法のランプ」は読んだことがなかった。だが、そのあらすじは知っていた。

貧しい若者アラジンが、不思議な洞窟の中で古いランプを見つける。それは魔法のランプで、こすると、魔神が現れて、なんでも望みをかなえてくれるというもの。その力を使って、アラジンは王女と結婚し、幸せになる。

だが、実際にブックに書かれていく文章には、葵が知らなかったことがあふれていた。

アラジンを利用して、魔法のランプを手に入れようとする邪悪な魔法使い。

その魔法使いがくれた、別の魔神を宿した指輪。

ランプがある洞窟は、色とりどりの宝石を実らせた木々に満ち、その宝石があとから登場する美しい王女とアラジンをつなぐカギになる。

さらに、王女にふさわしい夫になろうと、アラジンがランプの魔神に次々と頼むすばらしい財宝の数々。

魔法使いによって王女が宮殿ごとさらわれたり、ロック鳥の卵を手に入れてほしいとアラジンに頼まれた魔神が激怒したりと、ハラハラする場面もたっぷりある。おとぎ話やファンタジーをバカにしてきた葵ですら、いつしか夢中になっていった。読んでいると、頭の中に光景が浮かんでくるようで、わくわくしてたまらない。

だが、フランは違った。読みすすめるにつれて、その顔はどんどん曇ってきたのだ。

いよいよ終わりが近いというところまで来ると、しきりに首をかしげだした。

「おかしいな。どこにも変わったところがない。これはぼくが知っているとおりの『アラジンと魔法のランプ』の物語だ。」

「じゃあ、キーパーツが盗まれたのは、次の物語なんじゃない？　ま、でも、最後まで一応、読んでおいたほうがいいわよね。早くページをめくってよ。」

すっかり「アラジンと魔法のランプ」の物語にはまってしまった葵は、続きが読みたくて、フランをせっついた。

次のページには、こんなことが書いてあった。

やがて、アラジンは王位に就き、シナ王国を統べるものとなりました。そして、死が訪れるまで、その幸せが欠けることはなかったのです。

……と言いたいところですが、年老いたアラジン王は次第に大きな悩みに苦しめられるようになりました。ふたりの子どもたち、アフメド王子とシャカーン王子のどちらに王位をゆずるべきか、決断することができずにいたからです。

「そんなバカな！」

いきなりフランが叫んだので、葵は飛びあがってしまった。

「ああ、びっくりした！　ちょっと！　やめてよ、もう！　心臓が止まるところだったわよ。」

「ごめん。でも、ぼくもびっくりしちゃって。……本当なら、ここで物語は終わるはずなんだ。『**そして、死が訪れるまで、その幸せが欠けることはなかったので**

す。これにて「アラジンと魔法のランプ」の話はおしまいです。ですが、わたくしはさらにおもしろいお話を知っております。偉大なる王さま、それをお話しいたしましょう』と言って、シェエラザードが次の物語を始めるはずなんだ。アフメドやシャカーンなんて名前は、本来の物語には出てこないんだよ。」

「つまり、どういうこと？」

「……物語が終わらない。ずるずると引きのばされているってことだ。」

フランがあまりに深刻そうな顔をしているので、葵は笑ってしまった。

「別にいいじゃない。物語がいっぱい読めるってことでしょ？」

「何言ってるんだよ！　全然よくないよ！」

フランはかみつくように言った。

「物語というのは、きちんと終わってこそ美しいんだ。『末永く幸せに暮らしました』の続きは、読者が自分であれこれ考えて楽しむべきなんだ。その決まりが破られてしまっている。物語のこんな続きなんて、誰も読みたくないのに。」

だが、フランの言葉は葵の心には届かなかった。むしろ、言い返されたことに、むっとした。男子にえらそうなことを言われるなんて、腹が立つ。

　フランが気に入らないと、出会った時から思っていた葵だったが、ようやくその理由もわかった。フランは、宗介を思わせるところがあるのだ。やんちゃそうな目つきや、めったなことではへこたれない感じがよく似ている。

　絶対にこの子には負けたくない。どんなことでも、自分のほうが勝っていなくては。

　だから、葵は皮肉たっぷりに言った。

「そう？　読書好きなら、たくさん読めるほうがお得感があるもんじゃない？」

　そう言ったところで、葵ははっとした。自分たちが、見たこともない大きな市場にいることに気づいたのだ。

　さんさんと明るい太陽の光がふりそそぐ中、通りにはずらりと露店が並んでいて、さまざまな商品を売っていた。色とりどりの香辛料の山、積みあげられたパンや果物やナッツ、美しいじゅうたんや反物、器に壺にきらきらしたアクセサリー。羊やラクダを連れている人もいて、大混雑だ。

「い、いつの間に……。」

「気づいてなかったの？　ブックを読みはじめた時からさ。物語を読みだした時から、ぼくらはその世界の中に入っているんだよ。」

「……ふうん。」

フランの落ちつきはらったようすに、内心、葵はくやしさを覚えた。また負けた気分だ。それにしても、なんでこの子は、こんなにもこの世界のことについてくわしいのだろう？　やはり、ブックを持っているからだろうか？　だとしたら、ぜひとも自分もブックがほしい。

葵はねたましさと欲にかられながら、フランがしっかりと持っているブックに目をやった。

一方、フランは大きく深呼吸した。

「とにかく、こんな変な状態は、ぼくも初めてだ。もっと慎重にブックを読んでいかないと。ここから先は、存在しない物語、ぼくの知らない物語だからね。」

そうしてフランがふたたびブックを読もうとした、まさにその時だった。

ドンドーン！

大きな太鼓の音が市場に鳴り響いた。誰もがびくっと飛びあがり、音がしたほうに顔を向けた。葵とフランもだ。

見れば、通りの向こうから、たくさんの兵士たちにかこまれるようにして、白いゾウがゆっくりとこちらにやってくるところだった。

ゾウの上には、若い男が乗っていた。宝石をちりばめた甲冑をまとい、赤いマントをなびかせ、ターバンにも宝石を飾っている。顔立ちはハンサムだが、短気そうな感じだ。

葵たちのすぐそばまでやってくると、男はゾウを止め、荒々しく声をはりあげた。

「みなの者、よく聞け！　我が父アラジン王と我が兄アフメド王子は、急病にて倒れた。よって、本日をもって、この国の王はこのシャカーンとなる！　ああ、不安になることはない。わたしは若いが、力も勇気も持っている。何より、父はわたし

を世継ぎとして認め、魔法のランプをゆずってくださった。見よ、これがそのランプだ！」

シャカーンと名乗った男は、腰帯から古びたランプを取りだし、さっと高くかかげてみせた。

おおおっと、大きなどよめきが起きた。

「ランプだ。魔法のランプだ。」

「あれをおゆずりになったということは、うむ、アラジン王がシャカーン王子に王位をゆずったというのは本当らしいな。」

「新しい王さまの誕生だ。」

「でも、アラジンさまだけでなくアフメドさままで急病というのは、ちょっと都合がよすぎる話じゃないかしら？」

「しっ！　めったなことを言うもんじゃない。何があったにせよ、今はシャカーンさまの手に、あのランプがあるんだから。」

「シャカーン王、ばんざーい！」

戸惑いや不安の声はあったものの、徐々に「ばんざい」という声が広がってい

く。そんな人々の声を聞き、シャカーンの顔に満足げな表情が浮かんだ。

だが、納得していない者がひとりいた。

葵だ。

シャカーンの言葉、表情に、なんとなくうさんくさいものを感じてしまった葵は、思わずとなりにいるフランに言った。

「ねえ、これって怪しくない？　シャカーンに都合よすぎる展開よね？　もしかして、ランプを盗んで、アラジンたちをどこかに閉じこめたんじゃないかな？」

「しっ！」

フランはあわてて葵の口を手でふさいだが、遅かった。葵の声は、思いのほか大きく響いてしまったのだ。

しんと、その場が静まり返った。

みんなに注目され、葵は我に返り、すうっと血の気が引いていくのを感じた。

やってしまった！　目立つつもりなんて、まったくなかったのに！

恐る恐るシャカーンのほうを見てみれば、王子も葵のほうを見ていた。その顔は怒りで赤黒くなり、眉毛がぴくぴくとふるえていた。

身をすくめる葵に、シャカーン王子はほえるようにどなった。

「娘！　わたしが王になることが不満か？　わたしを盗っ人呼ばわりするとは！」

葵は何も言えなかった。こんな剣幕でどなられたのは、生まれて初めてだったので、すっかり恐れおののいてしまったのだ。

ふるえている葵をにらみつけながら、シャカーンはいらだたしげに兵士たちに命じた。

「あの小娘をつかまえろ！　このわたしを侮辱するなど、許せん！」

「はっ！」

数人の兵士たちがこちらに走ってくるのを見て、フランは葵の手をつかんで、あわてて人混みの中に逃げこんだ。

「走って、葵！　走るんだ！」

「う、うん！」

うしろからは「待て、娘！」とか「逃げるな、こらぁ！」と、どなり声が追いかけてくる。それを聞けば聞くほど、逃げなくてはという気持ちになった。

だが、息があがり、足ががくがくして、思うように走れなかった。心臓がどきど

き激しく打ち、どんどん苦しくなってくる。

つかまってしまうのか。つかまったら、きっと殺されてしまう。ああ、夢だとわかっているけど、そんなの、絶対にいや！

必死に逃げまわるうちに、ふたりは細い路地へと入りこんでしまった。その先は、なんと、行き止まりとなっていた。

「うそ！　そんな！」

急いで路地を引き返そうとしたが、向こうから兵士たちが走ってくるのが見えた。

このままでは追いつめられてしまう。もう一巻の終わりだ！

葵が絶望した時だ。

フランが決意に満ちた目をして、ブックを開いた。

「しかたない。禁じ手を使おう。」

そう言って、フランはブックを開き、大急ぎで「空飛ぶじゅうたん」と書きこんだ。

とたん、ブックが光り、その場に1枚のじゅうたんが現れた。緑の絹糸で織られており、金糸でそれは見事な刺繍がほどこされている。

そして、そのじゅうたんはひらひらと空中に浮かんでいた。

フランはじゅうたんに飛び乗ると、ぽかんと口を開けている葵に手を差しのべた。

「ほら、乗って！　早く！」

そうして葵をじゅうたんの上に引っ張りあげた後、フランは高らかに命じた。

「飛べ、じゅうたんよ！」

ぶるりと、じゅうたんが武者ぶるいするかのようにふるえた。そして、葵たちを乗せたまま、なめらかに上昇しはじめたのだ。

第5章
ブックの決まり
story 5

じゅうたんはぐんぐん昇っていった。地上も、葵たちを追いかけてきた兵士たちの姿も、みるみる遠ざかる。

助かったことはありがたかったが、空高く昇っていくのがこわくて、葵はフランに思わずしがみついてしまった。

「なんなの、これ！　なんなの！」

「見てのとおり、空飛ぶじゅうたんだよ。ブックからはアイテムを取りだすこともできるんだ。」

すごい、と葵は一瞬恐怖すら忘れた。ほしいものを取りだせる本。なんてすばらしいんだろう。ますますブックがほしくなった。

だが、フランの顔は暗かった。

「どうしたの？　助かったのに、なんでそんな顔してるわけ？」

「たしかに兵士たちからは逃げられたけど、もっと違う方法があったんじゃないかって、反省しているんだ。……正直、『空飛ぶじゅうたん』は出したくなかったんだよ。」

「なんでよ？」

「だって、これ、『アラジンと魔法のランプ』には出てこないアイテムなんだもの。『千夜一夜物語』の話の一つ、『アフメッド王子と妖精パリ・バヌー』に出てくるものだってことは、きみも知っているだろ？」

「も、もちろん知ってるわよ。でも、それがどうしたって言うの？　何か問題ある？」

「あるよ。……『千夜一夜物語』は、どんどん進化していった物語だ。集めた人、翻訳した人によって、いろいろなバージョンがある。ぼくが知らなかった物語が、後から『千夜一夜物語』の中に加えられたりもしてきた。でも、だからと言って、他の物語のアイテムを、別の物語に引っ張りだすなんて、ごり押しもいいところだ。ほら、見て。」

　フランはブックの表紙を葵に見せた。美しかった表紙は、3分の1がじっとりと黒ずんでしまっていた。

「ど、どうしたの、これ？　さっきまで、こんなじゃなかったのに。」

「ブックの力を使って、この物語にふさわしくないものを呼びこんでしまったからだよ。ブックはこの世界のすべてで、強い力を宿しているけど、その力を使うにはいろいろとルールがあるんだ。だから、もっと慎重にならないと。……ちなみに、3回間違った使い方をしたり、キーパーツの答えを間違えたりすると、ブックが完全に黒くなってしまう。そうなったら、この世界から出られなくなるからね。」

「え、そ、そうなの？」

「そうだよ。……これで残るはあと2回。……だいたい、きみがシャカーンのまえであんなことを言ったりするから。」

うらめしそうに見つめられ、葵はあわてて言い訳した。

「だって、あんなふうに声が響くなんて、思わなかったんだもの。それに、あれくらいのことであんなに怒るなんて、シャカーン王子は変よ。異常よ、あの人。」

「たしかに。たぶん、それだけうしろ暗いことがあるんだろう。……もしかしたら、きみが言うとおり、シャカーンはアラジンからランプを盗んで、自分のものにしたのかもしれないよ。」

たしかめてみようと、フランはブックを開いた。
市場での出来事の後には、こんなことが書いてあった。

城に戻ったシャカーン王子は、自分の部屋に閉じこもり、イライラと歩きまわりました。兵士たちは無礼な娘をつかまえそこなったというし、何やらひどく落ちつかない気分でした。

「あの小娘め。恐れ気もなく、あんなことを言いはなつとは。……もしかして、わたしがやったことを知っているのでは？　だとしたら、一刻も早く見つけだして、口を封じなくては。ああ、そうだ！　今のわたしには魔法のランプがあるではないか！」

シャカーンは急いで魔法のランプをこすりました。と、ランプからもくもくと煙が立ちのぼり、そこから緑色の肌をした巨大な魔神が現れました。

魔神はうやうやしげにシャカーンに頭を下げました。

「ご主人さま。ご用はなんでございましょうか？」

「うむ。魔神よ。昼間、わたしに無礼なことを言った小娘がいる。奇妙な身な

りをしていたから、異国の娘だろう。そやつを捕らえて、ここに連れてこい。それがわたしの望みだ。」

自分の望みはたちまちのうちにかなえられるだろうと、シャカーンは信じて疑いませんでした。何しろ、ランプの魔神は願いをなんでもかなえてくれると、父のアラジンから何度も聞かされていたからです。

ところがです。魔神は首を横にふりました。

「申し訳ございません。ご主人さま。それはできかねます。」

「な、なに！　どうしてだ？　わ、わたしがまだ王ではないからか？」

「いいえ、ランプをこすった方がわたしの主です。ただ、その命令は不可能なのです。ご所望の娘は、どうやらこの世界の者ではないようでして。おまけに、何かの力で守られているのを感じます。」

「ランプの魔神であってもかなわぬ力だと言うのか？」

「はい。」

うなだれる魔神に、シャカーンは怒って地団駄を踏みました。

「よくわからんことを言いおって！　もういい！　ランプの中に戻れ！」

「おおせのままに。」

しゅっと、魔神はランプの中に吸いこまれるようにして消えていきました。


そこまで読み、葵はふうっと胸をなでおろした。ランプの魔神は、自分には手を出せないらしい。それがわかっただけでもありがたかった。

だが、この続きはどうなるのだろう？

続きが気になり、葵はふたたびブックをのぞきこんだ。


ひとりになったシャカーンはぶつぶつとつぶやきました。

「ふん。小娘ひとり、魔神の力を借りなくともどうとでもできるわ。……それよりも、問題は父上と兄上だ。地下牢に閉じこめてあるが、いつそのことがみなに知れてしまうかわからん。……わたしがむりやりランプを奪い、王座を手に入れたと知ったら、家来たちはわたしに逆らうようになるだろう。父上たちを救いだし、王座を父上に返そうと動きだすかもしれない。」

やはり殺してしまうべきだろうかと、シャカーンは迷いました。

でも、血族殺しは神に呪われるといいます。

これ以上、自分の罪を重ねたくないと、シャカーンは必死で考えました。そして、すばらしいことを思いつきました。

「そうだ。誰にも見つけられない島を魔神に作らせ、そこにふたりを放りこんでしまえばいい。島には居心地のよい館を建て、毎日ごちそうを届けさせよう。不自由なく生かしてやれば、わたしも外道になりさがらずにすむというものだ。」

さっそく実行させようと、シャカーンはふたたびランプの魔神を呼びだしにかかりました。

一方、城の地下深くにある牢の中では、シャカーンによって閉じこめられたアラジンとアフメドがひそひそと言葉を交わしていました。

「父上……シャカーンはわたしたちを殺すでしょうか？」

「まあ、まずは落ちつくのだ、アフメド。落ちつき、生きのび、そしてシャカーンからすべてを取りもどす方法を考えようではないか。」

「しかし、あやつがランプを持っているかぎり、我々に勝ち目はありません。」

「そうだな。だから、取りもどすか、あるいはランプの魔神の力を打ち消すものが必要だ。……幸いにして、我らにはまだ勝機がある。見よ。」

アラジンは小さな紙切れをアフメドに見せました。

「これはなんですか？」

「先ほど、牢番がこっそりとよこしてきた手紙だ。『わたしにできるかぎりのことで、お助けしたいと思います。ほしいものがありましたら、なんなりと申しつけください』と言ってくれておる。」

「なんと！」

「そこで、わしは手紙を書いたのだ。後で牢番が食事を運んできたら、手紙を届けてくれと、頼もうと思っておる。」

「しかし、誰にあてて書いた手紙です？　その者は本当に我らを救ってくれるでしょうか？」

「うむ。かの者であれば、必ずやわしが望んでいるものを見出してくれるだろう。あの偉大な船乗り、シンドバッドであればな。」

第6章
シンドバッド
story 6

「シンドバッド！」

　葵、そしてフランも、思わず大声で叫んでしまった。

「シンドバッドって、『船乗りシンドバッド』でしょ？　7回、航海に出て、そのたびに不思議な冒険をした男の人の話よね？」

「そうだよ。『千夜一夜物語』ではあるけれど、『アラジンと魔法のランプ』とはまったく関係ない、別の物語の主人公だ。……うわ、まずいな。本当に千夜一夜ワールドがめちゃくちゃになっている。物語がだらだら続いているだけじゃなくて、ここに来て別の物語までまじってくるなんて、もう最悪だよ。」

　頭をかきむしるフランに、葵はちょっとだけ胸がすいた。

　ずっと余裕たっぷりで、何もかもわかっていると言わんばかりだったくせに、いざとなると、こんなにあせっちゃって。やっぱり男の子なんて、たいしたことない。

そう思いながら、わざといじわるく言った。

「あんた、救世主なんでしょ？　イッテンがすごくほめてたわよ。あんたなら絶対に物語を修復できるって。自分でもそう言ってたくせに、もう音をあげるわけ？　それってちょっと情けなくない？」

「そんなこと言われても……いや、たしかにきみの言うとおりだ。」

フランはしゃきっと背筋を伸ばした。

「弱音を吐いている場合じゃない。なんとかしなくちゃ。これはぼくがやるべき役目なんだから。ありがと、葵。きみのおかげで、気力が戻ってきたよ。」

「そ、そう。よかったじゃない。」

思いがけずライバルをはげましてしまったと、葵は内心くやしがった。

だが、フランは物語の世界のことをよく知っているようだし、いろいろと聞きだしておけば、いざという時、役に立つだろう。うまく立ち回れば、フランの先を行き、すべてを自分の手柄にできるかもしれない。

葵は何気なさを装ってたずねた。

「それで、これからどうするつもり？　何をすればいいか、わかってるのよね？」

「……ふつうなら、魔王グライモンに盗まれたキーパーツが何かを見出せばいい。そして、それをブックに書く。さっきの『アリババと40人の盗賊』みたいにね。」

「『盗賊の油』ね？」

「そう。書くことによって、ぼくはキーパーツを物語に戻したんだ。それで『アリババと40人の盗賊』は元どおりになったわけだけど……今回はその手は使えないかもしれない。」

難しい顔をしながら、フランはブックをじっと見下ろした。

「グライモンはキーパーツが大好物だ。重要なキーパーツであればあるほど、よだれをたらしてほしがる。だからこそ、物語をよく知っていれば、何が盗まれたか、すぐわかるんだ。……でも、今回は全然わからない。」

「あんたの見方が足りないだけじゃない？」

「そんなこと、あるもんか！　ぼくは千夜一夜ワールドにある物語という物語を知りつくしているんだから。だけど、この『アラジンと魔法のランプ』は……グライモンは本当にここからキーパーツを盗んでいったのかな？」

「そりゃそうでしょ。そうでなきゃ、こんな変な物語になっているはずがないんだし。」

「……たしかにね。うん。まあ、ぐだぐだ考えていても話は進まない。こうなったら、まずはこの物語をきっちり終わらせよう。それが、すべてを解決させる手がかりになる気がするんだ。」

「気がするって、なんだか頼りない救世主さまね。」

いじわるく言いながらも、葵はほくそえんだ。

とりあえず、これまでのやりとりでいろいろとわかった。物語を修復するには、ブックに盗まれたキーパーツを書けばいいこと。ピンチの時は、ほしいものをブックに書けば、それを手に入れられるということ。うん。じつに簡単だ。あとは、自分にブックさえあればいい。

葵はフランが持っているブックを指さした。

「ねえ、さっきから思ってたんだけど、わたし、ブックを持ってないわ。」

「それはそうだよ。千夜一夜ワールドのブックはこの1冊しかないんだから。」

「だったら、それはわたしが持つわよ。」

「だめ。これはぼくのだ。」

まるで宝物を守るかのように、フランはブックをぎゅっと抱きしめた。

「本当に非常事態にならないかぎり、このブックはぼくが持っているべきものなんだ。だから、申し訳ないけど、きみにも渡せない。」

「ケチ！　ちょっとくらいいいじゃないの！」

「だめなものはだめ。」

きっぱり言われ、葵は歯がみした。

ブックがないと、何もできないではないか。

だから、葵はかたく決心したのだ。次にキーパーツがわかったら、フランからブックを奪い取り、自分の手で答えを書きこんでやろうと。そうすれば、この世界を救ったのは葵ということになるだろう。

我ながらなかなかずるがしこいと、葵はほくそえんだ。

一方、フランはブックを見て、声をあげた。

「あっ！　ほら、ちょうど続きが始まったみたいだよ。」

どれどれと、葵はブックをのぞきこんだ。フランの言うとおり、白いページにまた文字が浮かびはじめていた。

アラジン王から手紙をたくされた牢番は、深夜、こっそりと船乗りシンドバッドの屋敷へと向かいました。

屋敷に着くと、牢番はひそやかに門をたたき、シンドバッドを呼びだしました。真夜中ではありましたが、何かふつうではないものを感じたのでしょう。シンドバッドはすぐに出てきて、牢番に会ってくれました。

すうっと、葵は空が暗くなるのを感じた。またしても場面が変わったのだ。今や、葵とフランを乗せたじゅうたんは、満天の星の下、宮殿のように立派なお屋敷の上に浮かんでいた。

急にそわそわした様子で、フランが言った。

「葵、あの屋敷の中をのぞきに行こう。」

「え、なんで？　このままブックを読んでいけば、物語がどうなるかはわかるんでしょ？　なんでわざわざのぞきに行かなきゃいけないのよ？」

「だって……シンドバッドだよ？　あの大冒険家のシンドバッドが出てくるんだ

よ？　ぼくがいちばん好きな物語の、いちばん好きな主人公なんだ。この『アラジンと魔法のランプ』の中で、彼がどんな活躍をするか、ぜひちゃんと見ておきたいんだよ！」

興奮したようにまくしたてるフランに、葵は心底あきれた。

「バカみたい……。」

「まあまあ、そう言わないで。じゅうたん。そっとあのバルコニーに近づいて。」

フランの命令どおり、空飛ぶじゅうたんは音もなく大きなバルコニーへとおりていった。そこからは屋敷の中がよく見えた。ちょうど大きな広間で、牢番らしき男が若い男にひざまずくところだった。

「シンドバッドさま。さる偉大なお方からのお手紙を預かってまいりました。どうかお受けとりくださいませ。」

では、これがシンドバッドなのかと、葵は若い男を観察した。

シンドバッドは贅沢な身なりをしていて、大粒の宝石をはめこんだ指輪をいくつも指にはめており、あごひげもつやつやとして手入れがゆきとどいている。どちらかというと、ぽっちゃりとした体型で、冒険や航海よりもごちそうや音楽が好きそうなタイプに見えた。

　フランも、「あれがシンドバッドだって？」と、がっかりしたようにつぶやいているから、ここも物語が変えられてしまっているようだ。

　さて、葵たちに観察されているとも知らず、シンドバッドは首をかしげた。

「さる偉大なお方？　誰のことだ？」

「それはわたしの口からは申しあげられません。壁に耳ありと申しますから。ともかく、手紙を読んでくださいませ。そうすれば、すべての事情がおわかりになることでしょう。」

　そう言われ、シンドバッドは手紙を受けとった。手紙を読み終わり、顔をあげた時には、ひどくこわばった表情となっていた。

「……この手紙を書いた方に伝えてくれ。このシンドバッド、必ずお望みをかなえてみせましょうと。」

「かしこまりました。あのお方も、さぞお喜びになることでございましょう。」

　喜び勇んだようすで、牢番は屋敷から出ていった。そして、牢番が消えたとたん、シンドバッドは自分の頭のターバンをもぎとり、癇癪を起こした子どものよう

に床にたたきつけたのだ。

「なんてこった！　もう二度と海には近づかないつもりだったのに！　このすてきな屋敷でごちそう三昧の楽しい毎日を、死ぬまで続けようと思っていたのに！　航海なんて、２度やればもう十分だ！　２回とも、死にかけたしな。ああ、やだやだ！　金はうなるほどあるし、何も困ってないのに、なんだって危険でいっぱいの海になんか行かなくちゃならないんだ！」

　わめいた後、シンドバッドはずるそうな顔つきとなって、今度はぶつぶつと独り言を言いだした。

「そうだ。とりあえず逃げるか。この国のゴタゴタが全部かたづくまで、のんびり隠れ家で暮らせばいい。アラジン王には申し訳ないが、王家のお家騒動に巻きこまれるのはごめんだ。シャカーン王子が王になったって、おれは全然かまわないしな。うんうん。そうしよう。よし。そうと決まれば、すぐに荷造りをしなくちゃな。」

　あわただしくシンドバッドは屋敷の奥へと走っていってしまった。その情けない姿に、葵はあきれながらフランを指先でつっついた。

第6章　シンドバッド

「あれがあんたのあこがれの冒険家？」

「もちろん違うよ！」

悲しそうな顔をしながら、フランは言った。

「あれは真のシンドバッドじゃない。きみだって知ってるだろ？　本物のシンドバッドは、7回航海に出る。海に出るたびに、船が難破したり、化けものに出くわしたりするけど、なんとか生き残り、うまく財宝とかお金を手に入れて、故郷に帰るんだ。でも、どんなにお金持ちになっても、すぐにまた新しい冒険を求めて海に出る。そういうガッツのある男なんだ。」

「でも、あの人、たった2回の航海でうんざりしちゃったみたいよ。……ね、盗まれたキーパーツは、『シンドバッドの3回目の航海』なんじゃない？」

「うーん。ありえそうだけど……。」

「何よ？　ものはためしに、ブックに書いてみればいいじゃない。ほら、貸して。わたしが思いついたわけだし、わたしが書くわよ。」

「だめ！」

手を伸ばす葵から、フランはすばやくブックを遠ざけた。

「これはぼくのだって言ったただろ？　それに……どうもひっかかるんだ。『アラジン』の中に『シンドバッド』が侵入してくるなんて、ふつうじゃない。これはキーパーツが盗まれたせいとは思えない。」

「じゃ、どうするのよ？」

フランは少し考えこんだ後、静かに言った。

「……シンドバッドと直接話をしたいな。航海に出て、アラジン王の望みをかなえてくれと、彼を説得してみるよ。」

そう言うなり、フランはじゅうたんから飛びおり、バルコニーの窓から屋敷の中へと入っていってしまった。

つくづく男子という生きものはどうしようもないと、葵は天をあおぎながら、フランの後を追っていった。

そうして、大きな部屋へとたどりついた。

大きな箱の中に宝石や金貨をつめこんでいたシンドバッドは、突然駆けこんできた子どもらにびっくりしたようだ。

「な、なんだ？　おまえたち、誰だ？」

「ぼくらは正しい者を導く精霊です。」

芝居がかった口調で、フランは答えた。

「神さまの思し召しで、あなたに助言をしに来ました。船乗りシンドバッド。船に乗って、旅に出なさい。あなたはアラジン王の頼みを聞き届けるべきなんです。」

「……たとえ精霊のお言葉であっても、いやなものはいやですよ。」

シンドバッドはふてくされたように言った。

「王さまがお望みなのは、とんでもない代物だ。それを手に入れろっておっしゃるが、正直、いくつ命があったって足りやしない。……危険なこととか冒険とか、もううんざりなんだ。おれはもう、静かにのんびり暮らしたいんです。船乗りシンド

バッドじゃなくて、お金持ちのシンドバッドと呼ばれたいんですよ。」

「だけど、そんなのつまらないですよ！」

フランは声をはりあげた。

「思いだして、シンドバッド！　最初に海に出かけようと決めた時の、あの興奮を！　見たこともないものへのあこがれや、たくさんの人との出会いを思いうかべて、胸がわくわくしたでしょう？　あなたはこれからまだまだ冒険の旅をしなくちゃ。たった2回の航海で満足なんてしちゃだめです。」

「……おれが海に出たのは、商売をして金を儲けるためだったんです。そして、今のおれには、もう一生働かなくてもいいくらい金がある。……王さまがどうなろうと、おれには関係ない。航海に出ないですむなら、ほうびだっていらないし。」

ぼそぼそと言うシンドバッドに、葵は思わずうなずいてしまった。

「そうよね。それだけお金持ちになったんなら、もう航海する必要なんてないし。うん。この人の言ってること、すごくまともだと、わたしは思うな。」

「でも、それじゃだめなんだよ！」

「だめって言われても、行きたくないのをむりやりだなんて、かわいそうよ。あ、そうだ！　それじゃ、こうしたら？　アラジン王がほしがっているものを教えてもらって、それをブックから取りだすの。そうすれば、問題解決できるし、わざわざシンドバッドが海に出ることもない。時間だってぐっと節約できるはずよ。」

我ながら最高のアイディアだと、葵は思った。フランも、ちょっと心がゆれたようだった。

だが……。

「やっぱり、それはだめだと思うよ。シンドバッドにはどうしても航海に出てもらわなくちゃ。」

「いいかげんあきらめなさいよ！」

葵はイライラしてどなりつけた。

「このシンドバッドは、あんたがあこがれているキャラクターじゃないんだってば。性格が違ってしまっているんだもの。別人みたいなものよ。それなのに、いやがっていることを押しつけるなんて、かわいそうじゃない！」

はっとしたようにフランは葵を見返した。

「……きみの言うとおりだ。ぼく、ほんとにどうかしていた。ああ、なぜ今まで気

づかなかったんだろう。ありがと、葵！　やっとわかったよ！」

そう言って、フランはブックを開いて、羽根ペンをさらさらと走らせたのだ。葵は仰天して、フランの手に飛びついて、書くのをやめさせようとした。

「ちょっと！　何勝手なことやってるの！　3回しくじったら、ここから出られなくなるって、言っていたじゃないの！」

「うん。でも、確信が持てたんだ。盗まれたものはこれしかないって、わかったんだよ！」

「……なんだって言うの？」

「『シンドバッドの冒険心』さ。」

フランが自信たっぷりに言った直後のことだ。いきなり、シンドバッドがおおおおっと雄叫びをあげた。

びっくりしてシンドバッドを見た葵は、さらにびっくりした。

シンドバッドは別人のように顔つきが変わっていた。こずるそうな目は、好奇心と活力にみなぎったものに変わり、口元には大胆不敵な笑みが浮かんでいる。

「おれってやつは……いったい、何をしようとしていたんだ！　王さまの頼みを断って、こそこそどこかに隠れようだなんて、船乗りシンドバッドのやることじゃない！　困難に立ち向かってこそのシンドバッドなんだからな！」

「それじゃ、航海に出るんですね？」

「もちろんだとも。王さまの願いどおり、必ずロック鳥を連れ帰るつもりだ。」

「ロック鳥！」

そうかと、フランは興奮したように叫んだ。

「ロック鳥はすべてのランプの魔神の真の主人！　その鳥を連れてくれば、ランプの魔神も太刀打ちできない！　アラジンはよく考えついたもんだよ！　うんうん。これならシャカーン王子に勝つことだってできる。そして、アラジンが勝てば、物語もやっと終わりを迎えられるはずだ。シンドバッドさん、ロック鳥さがしの旅に、ぼくらもいっしょについていってもいいですか？」

「もちろんだとも。仲間は多いほうがいいからな。ってことで、すぐに出発だ。おれの持ち船の中で、最高に速いやつに乗りこむぞ！」

「はい！　ああ、やっぱりいいなあ。シンドバッドはこうでなくちゃ。今回は葵のお手柄だよ。きみがシンドバッドの性格が変わっていると言ってくれたから、彼か

ら『冒険心』が消えているとわかったんだ。ほんとありがと！」

フランはうれしそうだったが、葵はむかむかしていた。

無事にキーパーツを突きとめ、シンドバッドを航海に出させることに成功した。

葵の言葉がヒントになったおかげだと、フランも言ってくれている。

それでも、物足りなかった。結局、物語を修復したのはフランだし、まるで手柄を横取りされたような気分だ。

なんでも知っていると言わんばかりのフラン。葵のアイディアを盗んだフラン。

許せない。どうにかして見返してやりたい。

そして、その方法を、葵は思いついたのだ。

『これなら……いける！』

心の中で舌なめずりをしながら、葵はチャンスを待つことにした。

第7章
計画実行！
story 7

こうして、葵とフランはシンドバッドと共に航海に出ることになった。

シンドバッドは手際よく船を手配し、風のような速さで船乗りたちと食料を集めた。そして、朝日が昇る頃にはもう海に出ていた。

「面舵いっぱい！　西へ！　ロック鳥の住んでる島まで、休まず船を進めるぞ！」

元気いっぱいに叫ぶシンドバッド。それをうれしそうに見つめながら、フランは言った。

「ほら、見て、葵。シンドバッドってすごくかっこいいだろ？　ぼくはあのキャラクターが『千夜一夜物語』の中でいちばん好きなんだ。アラジンも有名だけど、やっぱりシンドバッドはすごいよ。何度も航海に出て、毎回死にそうな目にあうのに、それでもやっぱり冒険に出ようとする。すべての冒険家のあこがれさ。」

「……それって、ただのバカなんじゃない？　こりないってだけなんじゃない？」

「そんなことない……って、どうしたの？」

第7章　計画実行！

「気持ち悪いのよ。」

甲板にへたりこみながら、葵は弱々しく訴えた。

「船酔いになっちゃったみたい。……横になりたい。」

「え、えっと、困ったな。どうしよう。」

と、ふたりのやりとりを聞きつけたシンドバッドが、声をかけてきた。

「ここじゃ邪魔になるから、おれの船室に連れてってやりなよ。好きに使っていいから。」

「ありがとう。ほら、葵。ぼくにつかまって。」

「うん。」

よろよろしている葵を支え、フランはシンドバッドの船室に向かった。小さいながらも、船室は豪華で、寝台は絹のふとんとクッションでふかふかだった。そこに葵を寝かせ、フランは心配そうに言った。

「大丈夫？　何かほしいものとか、ある？」

「……なんか冷たい飲みものがほしい。」

「わかった。調理場に行って、飲みものをもらってくるよ。」

「ありがと。……あ、ブック、置いていったら？　船はゆれてるし、飲みものをこぼしたりして、ブックが濡れたら、大変だもの。」

「それもそうだね。」

フランは、寝台の横にある机にブックと羽根ペンを置いて、船室から出ていった。

とたん、葵はぱっと飛びおき、ブックをつかみとった。目をぎらつかせ、にんまりと笑いながら、葵はブックの表紙をなでた。

魔法の本。この世界を作っている本。やっと手に入れた。今こそ、自分がこの本を使う時だ。

「ブックがあるのに、わざわざ旅に出て、ロック鳥を連れてくるなんて、無駄もいいところよ。……だいたい、ロック鳥がいても、本当にシャカーン王子に勝てるか、わからないし。そうよ。ロック鳥なんていらない。もっと現実的な方法で、シャカーンたちをやっつければいいのよ。」

葵はブックのページに、ずっと考えていたアイディアを書きこんだ。「最強のロボット軍団」と。

第７章　計画実行！

この世界の魔法よりも、機械の兵隊のほうがずっと強いはず。ランプの魔神だってかなわないだろう。葵のオリジナルのアイテムということになるが、ブックの力があれば、きっと呼びだせる。

ただし、これは間違いなくルール違反だ。ブックはまた黒ずみ、残る猶予はあと1回きりになってしまうだろう。

が、葵は強気だった。ロボット軍団で一気に問題を解決させられるなら、そのほうがずっと効率的だと考えたのだ。

「虎穴に入らずんば虎子を得ずって、昔の人は言ってたしね。大事なのは結果よ。ハッピーエンドを手に入れて、物語を終わらせるためなら、強引なやり方をしたっていいじゃない。それにどうせあと1回はチャンスがあるわけだし。うん、やっぱりわたしって、頭いいわ。」

やっとフランに勝てたと、葵はわくわくしながらロボット軍団が現れるのを待った。

ボンッ！

突然、エンジンが爆発するような音がして、ブックが黒い煙を勢いよく吐きだし

はじめた。

見れば、葵が書いた文字がぐずぐずとゆがみだしていた。インクが泡立ち、ページの上をたれていく。

空飛ぶじゅうたんの時と違う！

葵がそう思うのと、フランが船室に戻ってくるのとはほぼ同時だった。

ぶすぶすと煙をあげているブックを見るなり、フランは真っ青になった。手から飲みものの入ったグラスを取り落とし、フランは叫んだ。

「何をしたんだ、葵！」

「ちょっと……えっと、よい考えが浮かんだから、ブックから取りだそうと思ったの。」

「取りだそうって……何を頼んだんだ！」

「最強のロボット軍団、だけど……。」

「ロ、ロボットだって！」

「そうよ。悪い考えじゃないでしょ？　だって、それがいれば、簡単にシャカーン王子たちの軍勢にだって勝てると思ったから。た、たしかに『千夜一夜物語』にはないアイテムだし、ルール違反になるかもしれないけど、でも、これで『アラジン』を終わらせられる。だって、魔法より科学のほうが強いはずよ。そうでしょ？」

早口で言い訳する葵を、フランは絶望したような目で見た。

「きみは……な、なんてことをしてくれたんだ！　ブックに書いていいのは、その物語に登場しても違和感のないもの、物語の世界観を壊さないものだけなんだよ！　ロボット軍団だって？　なんでそんなものを！」

「ちょ、ちょっと。そんなに怒らないでよ。何が問題なの？　だって、ここは結局はおとぎ話の世界なわけでしょ？　だったら、別にどんなものを呼びだしたっていいじゃない。どうせ、ファンタジーなんて、ありえないことだらけなわけだし……。」

「きみはわかってない！　ああ、もうだめだ！　ほら、ブックを見て！」

「あっ！」

葵は叫んでしまった。手の中のブックは、今や黒い稲妻のようなものをはなちだしていたのだ。葵はとっさにブックを放りだそうとしたが、なぜか手に吸いついて

しまって、離れなかった。

「な、何？　これ、どういうこと？」

「ブックが怒っている。異常な使い方をされたからね。……物語っていうのは、たしかに作りものさ。きみの言葉で言うなら、うその世界だ。でも、だからこそ、完璧なうそを作りあげないといけないんだ。読者の心をつかみ、物語の中に引きこむために。」

「完璧なうそ……。」

「そうだ。そして、きみはそれを壊したんだ！　ロボット軍団なんて、千夜一夜ワールドのどこをさがしたって、存在しないものなのに！」

ようやく葵は、自分が何かとてつもないしくじりをしてしまったらしいということを理解した。フランはすごく真剣だし、何よりブックがはなつ光は本当にまずい感じがする。

「わたし、ど、どうなっちゃうの？」

「……きみはブックの力をねじ曲げた。だから、ペナルティが与えられる。」

「ペ、ペナルティ？　そんな……だって、知らなかった。し、知らなかったんだもの。」

「違う！　知らなかったんじゃない！　ぼくが忠告したのに、きみは聞こうとしなかった！　知ろうとしなかったんだ！」

この時、葵の手の中で、ブックがぶわっと黒い光をはなった。それはまるでリボンのように伸び、葵の手首や足、体に巻きついてきた。

何かが起きる！　何か、すごくよくないことが！

心臓が凍りつくような恐怖に襲われ、葵は悲鳴をあげ、光を払いのけようとした。だが、指一本動かなかった。まるで体が石になってしまったかのようだ。

だが、この時、葵の手からフランがブックをもぎとった。すると、黒い光は今度はフランに巻きつきだした。

「フ、フラン！」

「気にしなくていいよ。ぼくは英国紳士だ。英国紳士たるもの、レディは守らなくちゃいけないからね。」

そう葵に笑いかけ、フランは目を閉じた。

次の瞬間、フランの姿は消えた。かわりに、ブックと、黒い宝石をはめこんだ銀

の指輪が、ころりと床に転がったのだった。

第8章
終わらない物語
story 8

「ありえない。……こんなの、ありえない。手品か何かよ。フランがちょっとふざけて、わたしをからかってるだけよ。」

自分に言い聞かせながら、葵はよろよろと指輪へと近づいた。

拾いあげてみたところ、指輪はほのかにあたたかく、人の気配がした。はめこまれた黒い宝石はきらめきをはなち、フランの目を思わせる。

ああっと、葵はうめいた。はっきりとわかってしまったのだ。これはフランなのだと。

「そんな……人間が指輪になるとか、ほんとありえないのに。ああ、もうほんと、ファンタジーって最低！　大嫌い！」

まずはあやまるべきだとわかっているのに、口からは屁理屈ばかりがこぼれてしまう。そんな自分に、葵は我ながら嫌気が差した。

いったい、これからどうしたらいいんだろう？　フランなしで、この危機を乗り越えられるだろうか？　いや、まずはフランを元どおりにしないと。方法はきっとあるはずだから、見つけなくては。

葵は必死に考えようとしたが、まったく頭が働かなかった。

よろめいた時、足下に落ちているブックが目に入った。すでに3分の2が真っ黒に染めあげられている。

「ひっ……！」

葵は思わずあとずさりした。

今の一件で、葵はすっかりブックのことがこわくなっていた。正直、見るのも恐ろしいくらいだ。

が、これなしでは物語の世界から出られないということもわかっていた。何より、フランを助ける方法の手がかりも、このブックの中にあるに違いない。

だから、ぶるぶるふるえながらも手を伸ばし、そっとブックを手に取った。何も起こらなかった。どうやら、フランがペナルティを引き受けてくれたから、ブックもそれ以上のことを葵にするつもりはないらしい。

ほっとすると同時に、いっそう罪悪感に胸がしめつけられた。

「フラン……ほんと、ごめん。」

やっとわびの言葉が口から出てきた。涙もあふれてくる。

すすり泣きながら、葵はフランの指輪を右手の中指にはめた。間違ってもなくさないようにするためだ。

指輪はしっくりと指になじんだ。まるで、フランがよりそってくれているような心地になる。

おかげで少し勇気づけられ、葵はブックを開いた。物語が今、どうなっているのかを知るために。そして、自分がこれからどうしたらいいのかを探り当てるために。

ブックの白いページには、さらさらと文章が浮かんでいるところだった。

それは、シンドバッドがロック鳥の住んでいる島を見つけたシーンだった。

海に出てから7日7晩、シンドバッドは船を進めました。そしてついに、ロック鳥の住んでいる島が見えてきました。

「あれだ！　ようし、みんな！　あともう少しだ！　がんばれ！」

シンドバッドがそう叫んだ時です。にわかに空が暗くなり、風と波が強まりました。船長がさっと青ざめました。

「まずい！　シンドバッドさん、嵐が来そうですよ！」

「なんだって？　島まであと少しってところなのに！　なんとか嵐に巻きこまれる前に、あそこにたどりつけないか？」

でも、シンドバッドがそうたずねた時には、船はもう嵐の中に巻きこまれていたのです。

どーん！　どーん！

船が激しくゆれだして、葵は床に倒れそうになった。ブックに書いてあるとおり、この船は嵐のまっただ中にいるようだ。木の葉のように波にもてあそばれてい

るのだろう。船のあちこちがみしみしと不安な音を立てだした。

ひとりで船室にいるのがこわくなり、葵はブックをかかえ、転んだり壁にぶつかったりしながらも、なんとか甲板へとあがった。

やはり、船は嵐に巻きこまれていた。たたきつけてくる雨と波しぶきは、まるで滝のよう。空は真っ黒で、何も見えない。船乗りたちの叫び声は、うなる風にかき消されて、よく聞こえない。

葵はさらにこわくなった。ここにいたら、いつ海に放りだされるかわからない。船室に戻ろうか、一瞬迷った時だ。

ひときわ大きな波がざああっと襲いかかってきた。その勢いにのまれ、足をすくわれ、葵は船から投げだされ、荒れ狂う海へと落ちていった。

はっと気づいた時、葵はまず「のどが渇いた」と思った。のどがひりひりして、舌まで干からびている感じだ。

と、誰かがかがみこんできて、口に何かを押しあてた。甘くて汁気の多いものだ。

葵は夢中でそれをむさぼった。

満足するまで食べ、あますことなく汁をすすった後、ようやく人心地がつき、葵はまえを見た。そして、自分が食べていたのが黄色い大きなフルーツだったこと、フルーツを食べさせてくれたのがシンドバッドだったことを知った。

「シ、シンドバッド、さん……。」

「気づいてよかったな、おじょうちゃん。どこか痛いところとかないかい？」

「いえ、あの、だ、大丈夫そうです。」

「そうか。なら、何よりだ。あの嵐で助かったんだ。あんたもおれも運がいいよ。」

嵐のことを思いだし、葵はぞっとして身ぶるいした。

「……船は？」

「沈んでしまったよ。今のところ、この島に流れついたのはおれたちだけみたいだ。」

そう言われ、葵は自分たちが白い浜辺近くの、大きな岩のかげにいることに気づいた。服はまだ濡れていて、よれよれだ。

でも、葵のそばにはブックがあった。海に投げだされたのに、なくさなかったと

は驚きだ。それとも、ブックのほうが葵から離れなかったのか。

うれしいことに、フランの指輪もちゃんと指にはまったままだった。

とりあえずほっとしながらも、葵はブックをまず開いてみた。嵐で船が沈んだところで、物語はとぎれていた。この後の展開はまだ始まらないらしい。なら、変なことが起きる前に、自分たちのほうから行動してしまうのがいいだろう。

一方、シンドバッドはすでに動きだしていた。大量の船の残骸や、箱や樽。浜辺に流れついたものを、あれこれ見てまわりだしたのだ。

葵は後を追いかけ、声をかけた。

「何かさがしているんですか？」

「ああ。何か役に立ちそうなものがあればいいなと思ってね。これからロック鳥の巣に乗りこむんだ。できれば手ぶらで行きたくないからな。」

シンドバッドがロック鳥さがしを少しもあきらめていないことに、葵は驚いた。

「でも、わたしたちしかいないのに……。この島、けっこう広そうだから、ロック鳥を見つけるのだって、大変だと思うけど。」

「見つけるのはたぶん簡単さ。問題は、どうやって連れて帰るかのほうさ。ま、とにかくやるっきゃない。おじょうちゃんはどうする？　このままこの浜辺に残って、どこかの船が通りかかるのを待つかい？　たき火をたいておけば、気づいてくれて、助けてもらえると思うけど。」

「………」

いつもの葵であれば、間違いなく浜辺に残っただろう。たったふたりで鳥さがしだなんて、非効率的なことはしたくないと思ったはずだ。

だが、船の沈没から助かったせいなのか、ちょっと気持ちが高ぶっていた。いつもより大胆というか、何か冒険をしてみたい気分になっていたのだ。

それに、シンドバッドにも興味がわいてきていた。

ガッツがあって、冒険心にあふれていて、困難に立ち向かっていく船乗りシンドバッド。フランがあこがれるのも無理はない。たしかにかっこいいではないか。この男が、この後どんな活躍をするのか、ぜひそばで見ていたい。

そう強く思うのは、フランの指輪をはめているせいなのかもしれない。とにかく、葵は「いっしょに行きます」と答えた。

「そうか。じゃ、おじょうちゃんも役立ちそうなものをさがしてくれ。食料と水、

できれば武器なんかもほしい。」

「はい。」

　言われるままに、葵は波打ち際を歩きまわり、流れつくものに目をこらした。そして、はっとした。緑と金の布が、大きな材木と材木の間にはさまれているのを見つけたのだ。

「空飛ぶじゅうたん！」

　急いで飛びつき、破けないように慎重に引っ張りだした。最初はぐったりとしていたじゅうたんだったが、水気をしぼってやったところ、なんとか空中に浮かびあがった。

　これは使えると、葵は大喜びでシンドバッドを呼んだ。

「シンドバッドさん！　これ見て！　ほら、空飛ぶじゅうたんよ！　これに乗って、ロック鳥をさがしに行きましょう！」

「こりゃすごい！　魔法のじゅうたんか！　うん！　これに乗れば、きっとうまいことやれそうだ！」

　そうして、葵とシンドバッドはじゅうたんに乗り、島の奥にある山のほうへと向かった。

山の頂上付近には、奇妙な光景が広がっていた。そこには一面、大きな木が何百本も集められ、丸い形に積み重ねられていた。そして、その真ん中には家ほどもある大きな白いものがあった。つるりとして、丸みをおびていて……。

まさかと、葵は息をのんだ。

「あれって……卵？」

「そうさ。ロック鳥の卵だ。で、あの集まった木が巣ってわけさ。」

「うそでしょ！　た、卵と巣があんなに大きいってことは……。」

そうだと、シンドバッドはうなずいた。

「ロック鳥は、ゾウをひっさらって食っちまうほどの化けものなんだよ。そいつを連れてこいだなんて、本当なら無理難題もいいところだ。こっちの命がいくらあったって、足りやしない。……けど、そういうのって、なんか燃えないか？　わくわくしてたまらなくなるっていうかさ。」

目をきらめかせるシンドバッドは、宗介やフランと同じ顔つきをしていた。冒険を楽しむ男の子の顔だ。

これだから男子はしょうがないと、葵があきれかけた時だ。

ぐぎゃあああっと、大気をびりびりふるわせるようなすさまじい叫び声が聞こえた。続いて、ばさん、ばさんと、とてつもなく大きな羽音が近づいてきた。

親鳥が巣に帰ってきたのかと、葵はすくみあがった。だが、シンドバッドはチャンスとばかりににやりとした。

「よし！　空飛ぶじゅうたん、卵のまわりをうろちょろ飛び回ってくれ。」

「ちょっと！　な、何言ってるんですか！」

「戻ってきた親鳥に、おれたちが卵に悪さしようとしていると思わせるんだ。そうすりゃ怒って、おれたちを追いかけてくるだろう。で、そのまま都の宮殿まで連れていけばいいんだ。」

たしかに、それはいい作戦に思えた。だが、雲を破るように舞いおりてきたロック鳥を見るなり、葵は頭の中が真っ白になった。

ロック鳥はとんでもなく大きかったのだ。ゾウはおろか、クジラだってやすやすつかみあげて運べるに違いない。色とりどりの羽根におおわれ、ワシのようなくちばしと長く鋭いかぎ爪を持ち、見るからに凶暴そうな目をしている。

卵のまわりをぐるぐると飛んでいる葵たちに気づくなり、ロック鳥の目が赤々と燃えあがった。

「いいぞ！　怒ったみたいだ！　飛べ、じゅうたん！　おれたちの都までひとっ飛びだ！」

ロック鳥の怒りを感じとったのか、空飛ぶじゅうたんは言われるまでもなく都に向かって飛びはじめた。

ロック鳥はすぐさま追いかけてきた。

「いいぞ！　計画どおりだ！」

シンドバッドは喜んだが、葵はそこまで喜べなかった。山のように巨大な鳥に追いかけられるのが、こんなに恐ろしいとは思いもしなかったのだ。今にも追いつかれてしまうのではと、冷や冷やしてたまらない。耳をつんざくような叫び声にまじって聞こえてくる、がちがちというくちばしをかみあわせる音にも、背筋が凍りそうだ。

風のように飛ぶじゅうたんに必死でしがみつきながら、葵は悲鳴をあげた。

「こんなの聞いてない！　ロック鳥が、あ、あんなに大きいなんて知らなかっ

た！」

「そりゃいい！　知らなくてよかったじゃないか。その分、驚きも倍になって、楽しいだろう？」

「……そういう考え方、したことない、です。」

「そうかい？　おれはいつもしているよ。自分が知らなかった新しいものに出くわすって、すごく楽しいからな。」

　シンドバッドの言葉に、葵はあきれつつも、ちょっと新鮮だなと思ってしまった。そして、そう思ったとたん、少しだけ気持ちが落ちついたのだ。

　ともかく、ロック鳥を見つけ、島から連れだすことには成功した。じゅうたんがすばらしいスピードで飛んでくれているから、きっとすぐに元いた都に戻ることもできるだろう。

　ということは、物語はどうなるだろう？

　どうしても気になり、葵は落ちないように注意しながらブックのページを開いてみた。

　とぎれていた物語は、また進みはじめていた。

シンドバッドの乗った空飛ぶじゅうたんを追いかけ、ロック鳥はぐんぐんアラジン王の宮殿へと近づいていきました。

その雷鳴のような鳴き声と羽ばたきは、シャカーン王子の耳にも届きました。王子は「これは怪物の声に違いない」と思い、急いでランプをこすり、魔神を呼びだしました。

「ランプの魔神よ！　命令だ！　この恐ろしい声の持ち主を殺せ！　わたしに決して近づかせるな！」

ところがです。

魔神は一瞬にして恐ろしい顔になり、シャカーン王子をどなりつけました。

「呪われろ、このけがらわしい犬ころめ！」

「な、なんだと！」

あっけにとられるシャカーン王子を、魔神は憎々しげににらみつけました。

「きさま！　こともあろうに、このわたしに偉大なロック鳥さまを殺せと言うのか？」

「な、何？　この声はロック鳥のものだと言うのか？」

シャカーン王子はぎょっとしました。父アラジンから、よく聞かされていたからです。どんなことがあろうと、ランプの魔神に「ロック鳥」についての頼みごとはしてはならないと。

「昔、そのことを知らないで、魔神にロック鳥の卵がほしいと頼んだところ、あやうく殺されるところであった。なんでも、すべてのランプの魔神にとって、ロック鳥は真の主人だそうだ。だから、アフメド、シャカーン、そのことを決して忘れてはならぬぞ。」

父の言葉がよみがえり、シャカーン王子はあせりながら叫びました。

「し、知らなかったのだ！　取り消す！　今の命令は取り消すから、許してくれ！」

「そんな簡単に許せるものか！」

魔神は憎々しげに王子を見下ろしました。

「きさまの父親は、昔、わたしにロック鳥さまの卵を頼んだ。それは悪者がそそのかしたことだったから、なんとか許すことができた。だが、きさまはロッ

ク鳥さまを殺せと言ったな？　そんな邪悪な命令をしてきた相手は、たとえランプの主人であろうと、わたしは殺してもよいことになっているのだ！　……だが、わたしが長らく仕えてきたアラジンさまは、それをお望みにはなるまい。ゆえに、きさまは生かしてやる。やさしくかしこい父に感謝するのだな。」

そう言って、魔神はシャカーン王子をしばりあげ、ただちに地下牢にいるアラジンとアフメドを助けだしまし

た。

「おお、ランプの魔神よ。おぬしが我らを助けてくれたということは、ロック鳥が来てくれたのじゃな？」

「さようでございます。シャカーン王子がロック鳥さまを殺せと命じてくれたおかげで、わたしはこの王子に従わなくてよくなりました。ですから、こうして王子をつかまえ、あなたたちをお助けできたというわけでして。」

「うむ。ありがたい。感謝する。では、ランプの魔神よ、もう一つ頼みたい。おぬしはロック鳥に会いに行ってくれ。いったんこの国から引きあげてくれるよう、丁重にお願いするのだ。わしのこの願いを、かなえられるか？」

「お安いご用でございます。このシャカーン王子はいかがいたしましょう？」

「我らのかわりにこの牢の中に放りこんでもらいたい。こやつにはじっくり反省してもらわねばな。」

「かしこまりました。」

魔神はシャカーン王子を牢に放りこみ、ロック鳥に会うために外へと飛び去っていきました。

「よかった！　アラジンたち、ちゃんと助かるんだ！」

葵は心底ほっとした。

ブックに書かれたことは、この世界の現実となる。つまり、シャカーン王子はつかまり、アラジンたちも無事に解放されるのだ。これでようやく、この長かった物語も終わるだろう。

「すべての問題はかたづき、みなは幸せに暮らしました」という結びの言葉が現れるのを、葵は待った。

だが、ページに浮かんできたのは、思ってもいなかった文章だった。

ランプの魔神が消えた後、アラジンとアフメドは宮殿に戻るため、牢の階段をあがっていきました。

と、ここでアフメドの心にむくむくとよからぬ思いが芽生えてきたのです。

『王座を奪おうとした弟を、父上は処罰しなかった。やはり、わたしよりも弟のほうを愛しているからに違いない。このままでは、シャカーンが王になるかもしれない。……そんなことは断じて許せん！　いっそ、今、わたしがランプを手に入れてしまえば……すべてはわたしのものになるはず！』

アフメドは目をぎらつかせながら、じわりと、手を伸ばしはじめました。アラジン王の腰帯にはさみこまれた、魔法のランプを取るために。

そんなと、葵は絶叫してしまった。

「まだ終わらないの？　そんなのって、あり？」

次から次へと、どんどんとあらたな危機が現れるなんて。アフメドがランプを手に入れたら、どうなってしまうのか、見当もつかない。だが、物語が終わらないということは間違いないだろう。

「こんなお話、シェエラザードだって望んでないだろうなぁ。」

思わずつぶやいた後のことだ。葵ははっとして、大急ぎでブックを開き、最初からざあっとページをめくっていった。

ブックにはいくつもの物語がおさまっていた。「漁師と魔神の物語」、「3つのリンゴの物語」、「黒檀の馬」、「アリババと40人の盗賊」、そして「アラジンと魔法のランプ」……。

だが、どこにも物語の語り手がいなかった。これらの物語を紡ぎだしている重要キャラクター、シェエラザードの名前がまったくないのだ。

どくんどくんと、葵の心臓が高鳴りだした。

『千夜一夜物語』のことはよく知らない。読んだことがないから。だが、シェエラザードという女性が、本当の主人公だということは知っている。そのシェエラザードがブックに記されていないということは、この千夜一夜ワールドから消えてしまっているということだ。

「まさか……魔王が盗んだのって、シェエラザード？　でも、それならとっくにフランが気づいていたはずじゃない？　あ、それに、登場人物には魔王も手を出せないって、言っていたっけ。で、でも、シェエラザードとしか思えないし。」

これが正解だという気持ちと、違うのではないかという不安が入りまじる。

だが、ぐずぐずはしていられなかった。この時、ふいに言い争う声が聞こえてきたのだ。

「何をするのだ、アフメド！　や、やめよ！」

「うるさい！　結局、父上はシャカーンのほうがかわいいのだろう！　だが、王になるのはわたしだ！　わたしこそ、王座とランプの主にふさわしい！　そ、それをよこせ！」

「やめよ！　やめんか！」

気づけば、葵は暗い石造りのらせん階段に立っていた。空飛ぶじゅうたんもシンドバッドも見当たらず、そのかわり、階段の下のほうから、叫び声と人がもみあう音が聞こえてくる。

アフメド王子が、アラジン王からランプを奪いにかかっているのだ。急がないと、また次の展開が始まってしまう。

「えっと、盗まれたキーパーツは、ブックに書きこめば戻るのよね？　そうよね、フラン？」

呼びかければ、指輪の宝石がきらりとまたたいた気がした。まるで「そうだよ」と答えるかのように。

とにかくやってみようと、葵は羽根ペンで「シェエラザード」とブックに書こうとした。

だが、ここで迷いが生まれた。

もし、間違った答えだったら？

すでに2回、しくじってしまっている。残るチャンスはあと1回しかない。

「ロボット軍団」と書いた時は、2回まではしくじってもいいだろうと、葵は気楽にかまえていた。だが、今になって、なんてバカな考え方だったんだろうと、心の底から後悔した。

3度間違えたら、物語の世界から出られなくなる。フランはそう言っていた。この千夜一夜ワールドに閉じこめられたら、いったい、どうなってしまうのか。

ものすごくこわくなり、手がふるえて、羽根ペンを落としそうになった。

やっぱりやめようか。もう少しじっくり考えてからのほうがいいかもしれないし。でも、いくら考えても、これが正しい答えに思える。それに、時間をおいたら、ますます怖じ気づいて、何もできなくなってしまうかもしれない。

逃げ腰になっている自分を葵はしかりつけた。

「やるのよ、葵！」

ひるむな。ためらうな。いつもの強気を思いだせ。自分は絶対に正しいんだと、今こそ思いこむんだ。あの図書館の守護者、猫のイッテンが負けず嫌いな自分をここへ送りこんだのは、きっと、こういう時のためなのだ。

指にはめた指輪を見れば、こちらをはげますように黒い宝石がまたたいている。

フランが「やってごらん」と言ってくれているかのようだ。

ついに葵は覚悟を決め、ブックに「シェエラザード」と書いた。

大丈夫。きっと大丈夫。少なくとも、ロボット軍団とは違い、物語を壊すことにはならないはず。「シェエラザード」は『千夜一夜物語』のキャラクターなんだから。

待った時間は、ほんの数秒だったが、葵には永遠のように長く感じられた。

そして……。

ブックが光り、その場にひとりの女性が現れたのだ。

第9章
ストーリーマスター
story 9

それは、若く美しい女の人だった。金糸の刺繡をほどこした玉虫色の優美な衣をまとい、つややかな黒髪にもほっそりとした腕や首にも、じゃらじゃらと豪華な装身具をつけている。そのまなざしには知性が宿り、こんな人になりたいと、思わずあこがれてしまうような魅力にあふれていた。

立ちすくんでいる葵に、女の人は優雅におじぎをした。

「おお、かしこきおじょうさま。魔の手よりわたくしを助けだしてくださり、まことに、感謝の念にたえません。」

豊かに響く声だった。声そのものに、音楽のような美しさがある。

葵はそっと確認した。

「あなたが、シェエラザードなのね？」

「はい。わたくしこそシェエラザード。この『千夜一夜物語』の語り部でございます。」

「それじゃ……すぐに物語の中に戻って！　このままじゃアフメドがアラジンからランプを奪っちゃう！　そうなったら、またどんどん物語が続いて、終われなくなっちゃう！」

「大丈夫でございますよ、おじょうさま。」

シェエラザードは落ちつきはらったようすでほほえんだ。

「魔王グライモンが千夜一夜ワールドから盗みだしたものは3つ。1つは、『アリ

ババと40人の盗賊』の油、2つ目が『船乗りシンドバッド』の冒険心、そして、最後の1つがわたくしシェエラザードでございました。ですが、こうして油も冒険心もシェエラザードも戻りましたので、千夜一夜ワールドは完全に修復されました。もはや、続きの物語は存在しておりません。」

「ほ、ほんと?」

「ええ。どうか、ブックにてご確認くださいませ。」

シェエラザードにうながされ、葵はブックを開いてみた。

「アラジンと魔法のランプ」にざっと目を走らせてみたところ、たしかに、続きの物語は消えていた。アラジンは王女と結婚して王となり、幸せに暮らしましたというところで終わっており、ふたりの子どもであるアフメドやシャカーンの名前はどこにもない。

かわりにシェエラザードが物語の最後に出てきていた。

物語を語り終えた後、シェエラザードはうやうやしくシャハリヤール王に言いました。

「これが『アラジンと魔法のランプ』の物語でございます。」

「じつにおもしろい物語であった！　驚いたぞ、シェエラザード！」

「ああ、それならばきっと、『カマールと達者なハリマとの物語』もお気に召すことでございましょう。語らせていただいてもよろしゅうございますか？」

「もちろんだとも、シェエラザードよ。」

その物語を聞き終えるまでは、決してシェエラザードを殺すまい。

そう心に決めながら、シャハリヤール王はうなずきました。

そうして、シェエラザードは「カマールと達者なハリマとの物語」を語りだしたのです。


次のページをめくり、「カマールと達者なハリマとの物語」を読みたいという気持ちをぐっとがまんして、葵はブックから目を離した。

らせん階段にいたはずなのに、まるで夜のようなしっとりとした闇につつまれていた。アラジンたちの声も聞こえず、その場には葵とシェエラザードがいるだけだ。

きょろきょろしている葵に、シェエラザードがほほえみながら言った。

「『アラジンと魔法のランプ』はこれにて完結でございます。まざりこんでしまった『船乗りシンドバッド』の物語も、もうちゃんと元どおりになっておりますよ。」

「それじゃ……終わったのね？」

「はい。わたくしとしてもほっとしております。ああ、魔王グライモンに囚われていたのは、たいした時間ではなかったとはいえ、拷問を受けているかのように長く思われました。わたくしがいなくなれば、物語を終わらせる者がいなくなってしまうとわかっておりましたから、心配でたまりませんでした。」

「やっぱりグライモンがあなたをさらったのね？」

「はい。ですが、わたくしを捕らえ、千夜一夜ワールドから引きはがしたのは、ひとりの少女でございました。」

「少女？」

「はい。愛らしい顔立ちの、ですが、とても恐ろしい少女でございました。あの目の奥に宿っていた悪意の底知れなさときたら……。今思いだしてもぞっといたします。どういう方法を使ったのかはわかりませんが、少女はわたくしを思いのままに

第9章　ストーリーマスター

あやつり、魔王の城の台所へと連れこんだのでございます。」

そこには魔王グライモンが待ちかまえていたと、シェエラザードは言った。

「グライモンは、物語を語れと命じてきました。そうしないと、わたくしをぶつ切りにして、フライパンで炒めて、ピラフにしてしまうと脅してきたのでございます。しかたなく、わたくしは本来シャハリヤール王に語るべき物語を、魔王に語ったのでございます。」

「でも、どうして？　グライモンは、どうして物語を聞きたがったの？」

「それは……。」

シェエラザードが答えようとした時だ。いきなり闇を裂くようにして、その場に乱入してきた者がいた。

「くらあああっ！　シェエラザードを返さぬか！」

とどろくような声をあげたのは、ド派手な服をまとい、フォークやナイフが突きささった奇妙な冠をかぶった者だった。人とも獣ともつかない顔と、まるまるとした体つきをしており、背中からはコウモリのような羽がはえている。

そいつは憎々しげに葵のことをにらみつけてきた。

「せっかく『盗賊の油』で、冒険串カツパーティを楽しんでいたところであったのに！　よくも邪魔してくれたな！　とっとと返せ、小娘！」

「あ、あんたが……魔王グライモン？」

「あたりまえのことを聞くでない。予がグライモンでなければ、誰がそうだというのだ？　さあ、共に城に戻るのだ、シェエラザード！　予のもとでどんどん物語を紡ぎだせ！　極上のごちそうを食べながら、物語を楽しむ。予はシャハリヤール王ごっこをまだまだ続けたいのじゃ！」

「ひっ！」

「だめ！」

おののくシェエラザードとグライモンの間に、葵はとっさに飛びこんで、シェエラザードをかばった。

魔王の目が危険に光った。

「小娘、食事の邪魔をされた予がどれほど恐ろしくなれるかを知らぬようだな？　よかろう。ならば、存分に思い知らせてやろうぞ！」

魔王の手が自分に向かって伸びてくるのを見ても、葵は動けなかった。逃げなくてはと思うのに、恐怖に全身が縛られ、息をするのも苦しいほどだ。

もうだめ！

本気でそう思い、無意識のまま両手をにぎりあわせ、もみしだいていた。と、指先が冷たいものに触れた。

指輪の宝石に触れたのだと、見なくてもわかった。

とたん、頭にフランのことが浮かんだ。

「助けて、フラン！」

思わず叫ぶ葵ののどを、グライモンがつかみあげようとした、まさにその時だ。

ぱっと、葵の指にはまった指輪が強い光をはなった。

そして……。

「みゃあああああおおおっ！」

すさまじい猫の鳴き声がしたかと思うと、突然、巨大な猫が現れたのだ。車よりも大きく、その長い毛は純白に輝き、太く長い尾は赤い炎をまとっている。その姿はすばらしく力強く、神々しいほど美しかった。

黄金の目を輝かせながら、猫はグライモンに飛びかかった。さながら、ネズミに

飛びかかるかのように。

　だが、太っているのに、グライモンは驚くほど敏捷だった。すばやく猫の一撃をかわし、うしろに飛びすさったのだ。

「ふん。いまいましい。守護者まで来てしまったか。……今日のところは退散するとしよう。串カツを食べすぎたせいか、いささか腹具合がおかしくなってきたからの。だが、これで終わったと思わぬことだ。」

いかにも悪役らしい捨てゼリフを吐いて、魔王グライモンはさっと姿を消した。

あっけにとられている葵のほうを、猫がくるりと振り返ってきた。

「よくやったの、おじょうちゃん。上出来じゃ。」

しわがれた声でほめてくる猫。聞きおぼえのある声に、葵は目の玉が飛びでそうなほど驚いた。

「まさか……イッテン？」

「そうじゃ。まあ、わからんかったのも無理はないがの。」

わかるわけがないと、葵は思った。あのいじわる猫と、この美しい猫。大きさといい見た目といい、天と地ほどの違いがあるではないか。

「イッテン……あんた……ううん、あなた、何者なんですか？」

「わしゃ十二支になりそこねた猫よ。」

いたずらっぽくイッテンは目をきらめかせた。

「その昔、十二の年神選びの時に選ばれなかった猫神じゃよ。じゃが、年神の座は得られなかったが、こうして世界の図書館にて必要とされ、守護者となった。これが世界の図書館の守護者としての、わしの本当の姿なのじゃ。」

美しい毛をゆらしながら、イッテンは葵に近づいてきた。

「さて、無事にシェエラザードを取りもどしたことだし、そろそろ戻るぞ。」

そう言って、イッテンは葵の顔を桃色の舌でひとなめした。ざりっと、特大のヤスリでこすられるような感触に、葵は思わず声をあげてしまった。

「痛い！」

文句を言おうと、イッテンをふりあおごうとしたところで、葵はぽかんとした。

暗闇の空間が消えており、かわりに見覚えのある広間が出現していたからだ。

美しいタイルでおおわれた壁と天井、すばらしいじゅうたんとその上に置かれたランプ。

世界の図書館の『千夜一夜物語』コーナーだ。

戻ってきたんだと、葵は涙が出るほどほっとした。安心したあまり、ひざががくがくふるえだし、とうとうその場に座りこんでしまった。

と、イッテンの声がした。

「おい、大丈夫かの？」

顔をあげれば、イッテンがいた。毛のぼさぼさした老いぼれ猫に戻ってしまっていたので、葵はもったいないとため息をついた。

「あ〜あ……。」

「なんじゃ、そのため息は？」

「……なんで、いつもあの姿でいないの？　あのほうがすてきなのに。」

「あいにくと、わしはこの姿のほうが気楽で好きなんじゃ。」

「趣味悪……。」

「大きなお世話じゃ。」

ぴしゃりと言った後、イッテンは少し目を和らげた。

「じゃが、本当におぬしはよくやってくれた。おかげで、シェエラザードを物語に戻すことができた。ストーリーマスターだけではできんかったことじゃ。うむ。やはり、わしの判断は正しかったわけじゃ。半分はわしの手柄、残る半分はまぎれもなくおぬしの手柄じゃな。」

「…………」

「どうした？　そんな浮かない顔をして。せっかくほめとるのに。」

「だって、わたしのせいでフランが……。ねえ、イッテン！　今すぐ千夜一夜ワールドに戻らないと。指輪になったフランを元に戻す方法をさがさないと！」

「落ちつかんかい。そのことならもう解決しておる。そら。うしろを見てみい。」

そう言われ、葵は振り返った。

すぐうしろに男の人が立っていた。古風な服装に身をつつみ、立派なひげを持ち、左の頰には大きな傷がある。

どこから見ても初対面の男の人に思えた。だが、葵はすぐにわかった。男の人は手にブック（すでに黒ずみはきれいに消えている）をたいせつそうにかかえていたし、そのきらきらと輝く黒い目は、見間違えようがなかったからだ。

「フランなのね？」

「そうだよ。」

にこやかに笑い、男の人は葵に向けて一礼した。

「改めて名乗らせてもらう。わたしはリチャード・フランシス・バートン。ナイトの称号を持つ英国人だ。わたしは根っからの知りたがりでね。知らないことへの興味が尽きることがなく、あちこちの国をめぐり、言葉や文化を学んでいったんだよ。そして『千夜一夜物語』を翻訳して、世界に広めた。その功績から、死後、こうして世界の図書館のストーリーマスターとなったわけさ。」

「……千夜一夜ワールドでは、どうして子どもの姿だったの？」

「あれも魔王グライモンの攻撃によるものだ。彼はわたしの力も少しくすねていったんだよ。だから子どもになってしまい、思うように本来の力をふるえなかった。……だが、たとえこの姿だったとしても、わたしだけでは物語を修復できなかっただろうね。」

バートン卿は少しくやしそうに言った。

「まったく盲点だった。グライモンが盗むのはキーパーツだけで、登場人物を盗めるほどの力は持っていないと、侮っていた。わたしの先入観さえなければ、もっと早くシェエラザードがさらわれたことがわかっただろうに。まったく恥ずかしいよ。これまでなかったことだから、これからもありえない。そういう考え方は、冒険家としてあるまじきことだ。」

だから、とバートン卿は深いまなざしを葵にそそいだ。

「……きみがいてくれてよかったよ、葵。本当にありがとう。」

「ううん。そんな……。わたし、フラン……ううん、バートンさんにあやまらないと。わたしのせいで指輪に変身させちゃったこと、本当にごめんなさい。」

「フランでいい。あのことについては怒っていないし、きみをかばったのだって、英国紳士として当然のことをしたまでだ。」

「でも……さっきも助けてくれたよね？　イッテンが現れたのって、フランがやったことなんでしょ？」

「察しがいいね。そのとおりだよ。」

「…………」

「ああ、どうしてなのかわからないって顔だね。じつは、ブックのルールを破った罰として、わたしは物語に登場するものに変身させられたんだ。ただの指輪ではなく、指輪に宿った魔神にね。」

「ま、魔神？」

「そう。そして、この魔神は指輪をこすった人の願いをかなえることができる。きみは偶然にも指輪をこすり、わたしに助けを求めた。わたしを信じて、頼ってくれたわけだ。物語の中では信じる心は必ず報われる。だから、魔神となったわたしは、イッテンを呼ぶことができたんだよ。」

うまく偶然が重なったねと、バートン卿は笑った。

「だが、偶然もまた冒険と物語をおもしろくさせるものだ。……きみみたいな子が、いつかストーリーマスターになってくれたら、とても頼もしいだろうな。その時は、ぜひまたいっしょに冒険したいものだよ。」

そう言って、バートン卿は葵に手を差しだしてきた。葵はその手をぎゅっとにぎった。

そして、その握手が終わった時には、葵はひとり、自分の部屋の中に立っていたのだった。

夢から覚めた気分で、葵は部屋の中を見回した。奇妙なもの、見知らぬものは何一つない。物語を書こうとして書けなかった真っ白なノートも、投げだされたままだ。

葵は大きく息を吸いこみ、ノートを手に取った。

世界の図書館。その守護者。千夜一夜ワールドに、ランプの魔神に、ロック鳥。全部夢だったのかもしれないし、そうでないのかもしれない。とにかく、忘れないうちに、自分が体験したことをノートに書いていこう。そして書きあがったら、宗介に読んでもらおう。きっと、宗介はおもしろいと言ってくれるはずだ。

それと、もう一つ……。

「明日は必ず図書室に行こう。」

物語の世界は問題解決したけれど、葵には知りたいことができていた。

「アリババと40人の盗賊」に出てくるアリババの兄カシムのエピソードとは、どんなものなのか。

船乗りシンドバッドの7度の航海とは、どんなものだったのか。

そして、シェエラザードがシャハリヤール王に語ろうとしていた「カマールと達者なハリマとの物語」は、「アラジンと魔法のランプ」よりもおもしろいのだろうか？

それらの答えは、物語の中にある。だから、『千夜一夜物語』を借りて、すみからすみまで読んでみよう。

そう心に決めながら、葵はどんどんえんぴつを動かしていった。

epilogue
エピローグ

魔王グライモンの城、暴食城。

こんな城は、この世に二つとないだろう。何しろ、ごてごてと、フルーツやクリームで飾りつけられたホットケーキのような見た目をしており、胸が悪くなるような極甘の香りをふりまいているという代物なのだ。

さて、その城のトイレのドアのまえに、ひとりの少女が立っていた。愛らしい顔立ちに、フリルのついたドレスがよく似合っているが、その目つきも口元も鋭くとがっていた。

エピローグ

「それじゃシェエラザードを連れもどせなかったんですね？　あの人をさらうために、わたしがあんなに手を貸してあげたのに。」

「これ、そう不満そうに言うでない。」

ドアの向こうから、グライモンのくぐもった声が返ってきた。

「どのみち、うむむ、この腹具合では、むむっ！　串カツパーティは切りあげることになっていたであろう。やはり、揚げもの料理は食べすぎてはいかんな。ひさしぶりであったから、ついつい欲張ってしまった。」

「だからって、あっさり手を引くなんて！」

「むむん！　だから、そう不機嫌な声を出すでない！　心配せんでも、すぐにまた予の腹は減ってくる。それに、すでに次の目星はつけておるのだ。……おぬし、なげきのオードブルは好きか、あめの？」

なるほどと、少女の口元に邪悪な笑みが浮かんだ。

「今度は『アンデルセン童話』ってわけですね？」

「そういうことじゃ。さあ、そろそろ向こうに行ってくれ。そこにいられると、なんだか気になって、力一杯力めぬわ。」

「あら、魔王さまともあろう方が、意外と繊細なんですねえ。」

天邪鬼のあめのはくすくす笑いつつ、言われたとおりドアから離れた。人がいやがることをするのが大好きなあめのだが、さすがに魔王のトイレの音など聞きたくはなかったからだ。

amano
jaku
天邪鬼のひねくれ物語紹介

わたしは天邪鬼あめの。日本の昔話ではかなり名の知れた悪役よ。今は、魔王グライモンの助っ人として、世界の図書館襲撃に手を貸しているわ。千夜一夜ワールドからシェエラザードを誘拐したのも、このわたしってわけ。

だいたい、わたし、『千夜一夜物語』って気に食わないのよね。

たとえば、「アリババと40人の盗賊」。あれ、本当に悪いのはアリババなんじゃない？　だって、盗賊たちが大事に隠していた宝物を、勝手に盗んだんだもの。そりゃ、盗賊たちだって怒って、復讐しようとするわよ。なのに、逆に盗賊たちがやっつけられちゃって、めでたしめでたしだなんてね。ああ、かわいそう。

それから「アラジンと魔法のランプ」。このアラジンって、原作ではすっごく甘ったれた怠け者でね。なんでもかんでも人のせいにするし、なんでも人任せなのよ。お姫さまに求婚するのも、お母さんに頼むくらいなんだから。あんなろくでもないぼうやにこき使われるなんて、ランプの魔神がかわいそうでならないわ。

「船乗りシンドバッド」だって、なかなか強烈よ。シンドバッドは決して善人とは言えないわね。自分が生き残るためなら、なんでもする男なんだもの。かなりずるがしこいところもあるしね。

だから……わたしはシンドバッドはけっこう好きなのよね。いっそ悪役として書かれていたら、もっとよかったのに。

というわけで、『千夜一夜物語』って、いろいろ変なつっこみどころが満載なわけ。興味がわいたなら、一度読んでみて。で、わたしと「『千夜一夜物語』を語る会」をしましょうよ。きっと楽しいわよ。

— 作 —

廣嶋 玲子

ひろしまれいこ／神奈川県生まれ。「水妖の森」で第4回ジュニア冒険小説大賞受賞、『狐霊の檻』（小峰書店）で第34回うつのみやこども賞受賞。代表作に「ふしぎ駄菓子屋　銭天堂」（偕成社）、「十年屋」（静山社）、「妖怪の子預かります」（東京創元社）、「怪奇漢方桃印」（講談社）などのシリーズがある。

「子どものころ、大好きだったのが、『ホビットの冒険』や『ライオンと魔女』『はてしない物語』『モモ』などです。
これらの共通点は、冒険ファンタジーであること、そして、おいしそうな食べものが登場することですね。」

— 絵 —

江口 夏実

えぐちなつみ／東京都生まれ。「非日常的な何気ない話」で第57回ちばてつや賞一般部門佳作を受賞。2011年より「モーニング」で連載していた『鬼灯の冷徹』（講談社）が第52回星雲賞コミック部門受賞。現在『出禁のモグラ』（講談社）を「モーニング」にて連載中。

「好きだった本は〝動物・恐竜・宇宙・科学の図鑑〟でした。
とくに動物・恐竜は1ページ目から順に模写する趣味がありました。それとは別次元で〝妖怪図鑑〟も好きでした。」

お手紙のあてさきはこちら

〒112-8001
東京都文京区音羽 2-12-21
講談社 こども事業部
新事業チーム
ふしぎな図書館と
アラビアンナイト 係

いただいたお手紙・おはがきは個人情報を含め、
著者にお渡しいたしますのでご了承ください。

この作品の感想や著者へのメッセージ、本や図書館にまつわるエピソード、またグライモンに食べてほしい名作……などがあったら、右のQRコードから送ってくださいね！今後の作品の参考にさせていただきます。いただいた個人情報は著者に渡すことがありますので、ご了承ください。

図書館版 ふしぎな図書館とアラビアンナイト
ストーリーマスターズ②

2023年9月12日　第1刷発行

作　廣嶋玲子
絵　江口夏実
装幀　小林朋子
発行者　森田浩章
発行所　株式会社　講談社
KODANSHA
〒112-8001 東京都文京区音羽 2-12-21
電話　編集 03-5395-3592　販売 03-5395-3625　業務 03-5395-3615
印刷所　大日本印刷株式会社
製本所　大口製本印刷株式会社
データ制作　講談社デジタル製作

N.D.C.913 159p 19cm
ISBN978-4-06-533273-3

この作品は、書き下ろしです。定価は表紙に表示してあります。